Le chapeau de Mitterrand

Antoine Laurain

ミッテランの帽子

アントワーヌ・ローラン

吉田洋之 訳

CREST BOOKS
Shinchosha

ミッテランの帽子

LE CHAPEAU DE MITTERRAND
by
Antoine LAURAIN

Illustration by Yuki Kitazumi
Design by Shinchosha Book Design Division

頭の上に帽子を乗せることで人は
それを持たない人たちに
疑う余地のない威厳を誇示できるのだ

トリスタン・ベルナール

ダニエル・メルシエは人波にさからってサン＝ラザール駅の階段を上った。アタッシュケースを手にした人々が周りを下っていった。ある者はトランクを携えていた。不安げな表情で足どりは早い。こんな人ごみの中では誰かが彼を突き飛ばすようなこともありそうなものだったが、そんなことはなく、むしろ逆に、人は彼の行く先を空けてくれているかのようだった。階段を上りきると、中央広場を抜けてプラットフォームに近づいた。そこにも同様、人がたくさん集まっていて、人波は絶え間なく、彼は到着パネルまで人の群れをかき分けて進んでいった。列車は二十三番のプラットフォームに到着予定で、彼は数十メートルさらに先へと進み、自動改札機の近くで立ち止まった。

二十一時四十五分、列車78654は軋む音を立てながら駅に入ってくると乗客を吐き出した。ダニエルは首を伸ばして妻と息子を探した。まず妻のヴェロニクを見つけた。彼女は手を振って、すぐさま頭の周辺にあいまいな円を描きながら、理解不能よ、とでも言いたげな驚いた表情を見せた。息子のジェロームは父親の両足に突進し、ダニエルはあやうくバランスを崩しそうになった。息切れしながら合流したヴェロニクは夫をしげしげ眺めると「この帽子は何？」と言った。「ミッテランの帽子さ」「ミッテランの帽子というのはわかるわ」「いやいや」ダニエルは頭を振った。「これは〈本当に〉ミッテランの帽子なんだよ」

ダニエルが駅で「本当にミッテランの帽子なんだよ」と口にした時、ヴェロニクは首を傾げながら帽子を眺め、それからわずかに眉間に皺をよせた。何のことだか理解できない時にいつもするその仕草は、ダニエルが結婚を申し込んだ時も、ボブール（地区名に由来するポンピドゥーセンターの愛称）の展覧会に行こうと初デートに誘った時も同じだった。要は、ダニエルはこのわずかに眉をひそめる表情で恋に落ちたのだ。「どういうことよ」、彼女は疑わしそうに言った。「パパはミッテランの帽子をかぶってるの？」「そうだよ」ダニエルは二人の荷物を手にして答えた。「じゃあ、パパは大統領なの？」「そうだよ、パパは大統領なんだ」ダニエルはその子供っぽい返答に得意げだった。

帰り道、ダニエルは車中で帽子に関する話をいっさいしなかった。ぜんぶうちで話すよ。ヴェロニクは急かしたが無駄だった。十五区に並ぶ高層アパルトマンの棟の一つの十七階にある自宅に到着すると、ダニエルは「食事を用意しといたよ」と言った。冷製肉料理、鶏肉、バジリコ風味のトマトサラダ、チーズ盛り合わせ、ヴェロニクは讃嘆のため息をもらした――というのも夫が自ら進んで夕食を準備するなんて年に何回もなかったから。食事の前にまずアペリティフを飲もうとした。ダニエルは帽子をかぶったまま「座って」と言った。ヴェロニクは座り、ジェロームも母親の横にくっついて腰を下ろした。「乾杯」、ダニエルはおごそかに妻とグラスを交わし、ジェロームはオレンジ風味の炭酸飲料バンガで大人の真似をした。

ダニエルは帽子を脱ぎ、ヴェロニクに渡した。彼女はそれをそっと受け取るとやさしく指で撫で、ジェロームもすぐさま母親の真似をしようとした。「手は洗ったの？」ヴェロニクは慌てて注意した。そして帽子をひっくり返すと内側の革のバンドに目を止めた。F. M. と金色で刻まれた二つの文字があった。ヴェロニクは夫の方へ目を上げる。

その前日のこと、ダニエルは交差点で愛車のゴルフを停車させ、ラジオを切った。ラジオでは若い女性シンガーが、どんな素材よりコットンが好き、とつたなく歌う〈ヒットナンバー〉が流れていたが、さびの部分は頭がくらくらするほどゆっくりで、彼をうんざりさせ始めていた。自分の肩を強めにもみ、それから首を鳴らそうとしたがうまくいかなかった。ノルマンディーの実家でバカンスを過ごしていた妻と息子から連絡はいっさいなかった。留守電にメッセージくらい入っているかもしれないが、留守録用マイクロカセットはガタがきていて、数日前から巻き戻しが怪しくなっていた。新しいのを買わなくちゃいけないのだろう。そもそも録音機がなかった時代はどうしていたんだろう、ダニエルはふと考えた。誰もいない部屋に電話が空しく鳴り響き、電話をかけた人はまた後でかけ直す、そうするしかなかった。

買い物をしてから誰もいない静かなアパルトマンに戻って自炊する、というのはちょっと耐え難い。ちょうど午後四時頃、ソジェテック社の膨大な経費明細の最終チェックをしながら、目にはレストランや立派なブラッスリーの姿が浮かんでいた。もう一年以上もそんなブラッスリーに行っていない。最後に行ったのはヴェロニクとジェロームと一緒だった。六歳にして息子はとても利口だった。ロイヤルシーフードプレート、プイィ・フュイッセ（シャルドネ種を使ったブルゴーニュ産白ワイン）のボトル、ジェロームにはマッシュポテトつきステーク・アッシェ（粗挽き牛肉のステーキ）。息子はきっぱりと牡《か》蠣《き》は食べたくないと言い張り、ダニエルをひどくがっかりさせた。「一つでもどう？」と誘ったが、彼は「いやだ」と頑なに首を振った。ヴェロニクは「これから時間があるから」とジェロームを擁護した。「それはそうだ。ジェロームには時間がある」、ダニエルは言った。今、夜の八時を過ぎていた。初冬の寒さがすでに街にのしかかり、車の騒音による都市のざわめきが耳に喧《やかま》しく響いていた。ダニエルはそのブラッスリーの前を何度も車でそれと気づかずに通り過ぎていた。大通りと隣接した通りの間を行ったり来たりして、ようやくそこに気づいたのだ。外の牡蠣売りコーナー、赤い大きな日よけ、白いエプロンを巻いた店員、よし、ここで間違いない。

　妻と子供のいないたった一人きりの夕食がダニエルを待っていた。結婚前にはときおりそんなことをしていた。当時の収入ではもちろん値の張る店には行けなかったが、よく通っていたその辺りの店でも、ダニエルはがっつり食べて、アンドゥィエット（ソーセージの一種）、ステーキ、つぶ貝を食べるのに連れを必要と感じたことはなかった。落ちかけた冬の陽射しを浴びながら、独身の一夜が告げられた。独身の一夜……この言葉が気に入った。愛車のドアをばたんと音をたてて閉めながら、「独身の一夜」とふたたびつぶやく。ダニエルはアンテンヌ２（公共放送テレビ局フランス２の前身）で放送されたあるテレビ番組の女性コメンテーター――仕事のストレスに関する本を書いて、その宣伝のためにテレビ出演していた精神科医――が言っていたように〈自分と新たに出会う〉必要を感じていた。ダニエルはこの言葉にびびっときていて、自分なりのいい方法を見つけていた。会計の数字や財務部の組織再編に伴うこのところの緊張から生じる日々のストレスから逃れるために、自分にご馳走するのだ。ジャン・マルタールがトップで、ダニエルが部長補佐となった今回の人事にいい点は何もなかった。業務においても、彼自身にとっても決して良くはない。彼は大通りを横切りながら、心から心配の種を追いだそうとした。ブラッスリーの重たいドアを押し開けると、ジャン・マルタールはもちろん、ソジェテック社の書類も、明細書も、消費税も皆なくなっているだろう。あるのはただ、ロイヤルシーフードプレートと自分だけ。

白いエプロンを巻いたウェイターがテーブルの合間を抜けてダニエルを案内した。カップル、家族、旅行者たちが笑い、首を上下に振りながら口をいっぱいにして話していた。シーフードプレート、蒸しジャガイモ添えサーロインステーキ、ベアルネーズソースのフィレテーキなどが目に飛び込んできた。店に入るとすぐ、楕円形の体つきをした細い口ひげの支配人が予約の有無をダニエルに尋ねた。一瞬、夜会が遠ざかっていくように思えた。「時間がなかったので」、彼はぼそぼそと答えた。支配人は注意深く予約リストを見ながら左の眉を吊り上げていた。ブロンドの若い女店員が支配人に近づき、「十二番テーブルが三十分前にキャンセルになりました」とリストの一行を指して言った。「聞いてないぞ」支配人はむっとした声で言った。「フランソワーズが伝えたとばかり思っていました」、彼女は弱々しく言うとその場を立ち去った。支配人は一瞬しかめ面をして目を閉じた。部下の不手際にキレないよう、じっと堪えているのがわかった。「ご案内いたします」、支配人はダニエルにそう言いながら、ウェイターの方に向かってあごを動かした。ウェイターはすぐにやって来た。

ブラッスリーではいつも、鮮やかで、スキー場の青味を帯びた雪のように目が痛くなるほど眩《まばゆ》く白いテーブルクロスが用意されている。グラスと銀のナイフとフォークがきらめいている。ダニエルにとって、名高いブラッスリーのこの際立ったテーブルの明るさは贅沢のシンボルだった。さっきのウェイターが料理とワインのメニューを手にしてやって来た。ダニエルは赤いレザーのカバーを開く。考えていたよりだいぶ高かったが、今日ぐらいは、細かいことは気にしないことにした。〈ロイヤルシーフードプレート〉は凝った書体でページの真ん中に書かれていた。ブルターニュ産の養殖マガキとヒラガキ、イチョウガニのハーフ、ハマグリ、クルマエビ、ラングスティーヌ、つぶ貝、小エビ、アサリ、アマンド貝、タニシ。ダニエルはワインメニューを手にすると、プイィ・フュイッセ、もしくはプイィ・フュメ（ソーヴィニヨン・ブラン種を使ったブルゴーニュ産白ワイン）を探した。こちらもまた予想していたよりずいぶん高かった。ダニエルがロイヤルシーフードプレートをオーダーし、プイィ・フュイッセのハーフボトルをお願いすると、すいません、ハーフは置いてないんですよ、とウェイターが答えた。ダニエルはけちだと思われたくなかったので、ボトルね、了解、とメニューを閉じながら言った。

客の大半はカップルだった。男だけが座っているいくつかのテーブルでは、皆、ダニエルと同じようなグレーのネクタイを締めていたが、違うのは、彼らのものがブランド品であるということだった。ひょっとしたらオーダーメイドなのかもしれない。そして、少し離れたところに座っている五十代の四人の男たちはタフな一日の終わりと、最高の契約締結を祝っているに違いなかった。彼らは間違いなく極上のワインを少しずつ味わっていた。表情には自信が溢れ、成功者の穏やかな笑みを浮かべていた。大鏡の下のテーブルには、赤いドレスを着た栗色の髪の上品な女が白髪の男――ダニエルからは背中しか見えない――の話に耳を傾けていた。彼女はうわのそらで男の話を聞いていて、視線は時々室内のあちこちへとさまよい、しばらくして話し相手へと戻っていった。彼女は退屈しているようだった。ソムリエが運んできた銀の脚付きワインクーラーの中にはプイィのボトルが氷に囲まれて浮いていた。ソムリエは栓抜きを手にすると、ダニエルの鼻孔にコルクを近づけ慣例の儀式をする。ひと口、味見する。良さそうだ。彼はワインの産地でニュアンスを嗅ぎ分け、研ぎ澄まされた言葉で深みを表現するようなワイン愛好家ではない。ソムリエは例にもれず、どこか鼻につく態度で客の承諾を待っていた。ダニエルはブルゴーニュの白ワインについてわかったように頷いた。ソムリエは唇の端をわずかに動かして笑みを浮かべるとグラスを満たして遠ざかっていく。数分後にウェイターがまた戻って来て、テーブルクロスの上に丸い台を置いた。シーフードプレートがもうじき到着するのだ。ライ麦パンのかご、エシャロット・ビネガーの容器、バター入れが並べられた。ダニエルはパンのかけらにバターをぬってビネガーにこっそり浸した。シーフードものをレストランで食べる時にいつもやるしきたり。冷えた白ワインがビネガーの酸味を運び去った。彼は満足のため息をもらした。そう、ダニエルはやっと新たな自分に出会えたのだ。

砕かれた氷の上に種類ごとに並べられたシーフードがプレートに乗って目の前に置かれた。ダニエルは牡蠣を一つ取り、その真上にあるレモンの切れ端を上品に絞ってかけた。レモンの滴が薄い膜の表面に落ちると牡蠣は身をきゅっとすくめる。彼は虹色に反射する牡蠣の様子に見惚れていて、隣のテーブルの配置が変えられているのに気づくのが遅れた。顔を上げると細い口ひげの支配人が新たな客に微笑んでいるのが見えた。男は赤いマフラーを外し、次いでコートと帽子を脱ぎ、ダニエル側の席にそっと腰を下ろした。クロークに預けますか？　支配人はすばやく尋ねた。「いやいや、大丈夫。椅子の上におくよ」「お邪魔にならないですか、お客様？」「いいえ」とダニエルはほとんど聞き取れない声でつぶやき、「どうぞ」と消えいるように加えた。

今まさに、フランソワ・ミッテランがダニエルの隣に座ったのだ。

二人の男が大統領の前に座っていた。一人はメガネをかけた巻き毛のどっしりと太った男、もう一人は細身で、白髪をエレガントに波のように後ろに寝かしつけていた。後者はダニエルに一瞬、感じの良い笑みを浮かべ、ダニエルはできるかぎり自然に返そうとした。彼はこの鋭い目つきをした薄い唇の男をかつて見たことがあった。すぐに肩書と名前を思い出した。外務大臣ロラン・デュマ。彼はミッテラン大統領が八か月前に総選挙で敗退したのち大臣のポストを譲っていた。フランス共和国大統領の隣でディナーをしている、ダニエルはこのありえない展開に現実感を取り戻そうと繰り返し自分に言い聞かせた。最初に口にした牡蠣も、隣の新たな客人が気になって食べた気がしない。ダニエルはあんまりにも状況が奇妙なので、ベッドの中で目を覚ましたばかりで一日がまだ始まっていないんじゃないかという気さえした。他の客の視線がなぜだかダニエルのテーブルに釘づけになっていた。彼は二つ目の牡蠣を手に取りながら、それとなく左のテーブルをのぞき見る。大統領はメガネをかけてメニューを眺めていた。雑誌やテレビでよく見る顔――毎年大晦日に行われる新年の挨拶も五回を数えていた――に、そのおごそかな横顔をオーバーラップさせた。いわゆる肉と骨でできた実際の姿を間近に見るとは……手を伸ばせば触れるほどの距離に顔がある。ウェイターがふたたび現れると、大統領は牡蠣十二個とサーモンを注文した。太った方は、茸のパテとレアステーキを頼み、ロラン・デュマは大統領と同じ牡蠣と魚を注文した。数分後、ソムリエが銀の脚付きワインクーラーを持ってきた。そこにはまた氷に浸かったプイィ・フュイッセが入っている。ソムリエはしとやかに栓を開け、大統領のグラスにひと口ぶんを注ぐ。彼は味見をし、はた目にはそれとわからないほど小さくうなずいた。ダニエルはグラスにまたワインを注いで一気に飲み、赤いエシャロット・ビネガーを小さじですくって牡蠣にかけた。「私は先週それをヘルムート・コールに言ったんだが……」、大統領はワインの味見を終えるとそう言った。今後、ダニエルはビネガーに浸した牡蠣を食べるたびに、このセリフを言うミッテランの声を思い出すだろう。

「私は先週それをヘルムート・コールに言ったんだが……」

ウェイターはメガネの太った方の前に二五〇ミリリットルの赤ワインの小ボトルを置いてすぐグラスに注ぎ、もう一人のウェイターはアントレを三人の前に並べた。太った方は「美味しい」と舌鼓を打ちながらパテを食べ、次いでモリーユ茸のテリーヌについて話題にした。大統領が牡蠣を口にしている間、ダニエルはタニシを食べようとアルミホイルに覆われたコルクに刺してあるピンを取った。「ミシェルは極上ものをカーヴ（地下倉庫）に寝かせているんです」、ロラン・デュマは悪だくみをしている同志のように言った。大統領が視線を向けると、その〈ミシェル〉がプロヴァンスにある自分のカーヴについて話し始めた。「カーヴには世界中から葉巻が届き、いろんな種類のソーセージも保管してあるんです」。彼は葉巻と同じくらいソーセージにもこだわりがあったのだ。「ソーセージをコレクションするとは面白いね」、ミッテランはレモンのひと切れを絞りながら言った。ダニエルは十個目のタニシを食べ終えるとふたたび左の席をのぞき見た。大統領はちょうど最後の牡蠣を食べ終えたところで、純白のナプキンで口周りを拭いていた。「忘れる前に……」大統領はロラン・デュマに言った。「友人の電話のことで」「はい、もちろん」デュマは上着のポケットを探る仕草をしながらつぶやいた。ミッテランはコートの方に身体を向けて帽子を取ると、椅子の上に取りつけられた銅のバーに引っかけた。そしてポケットから革の手帳を取り出すと、ふたたびメガネをかけて確認する。「ページの一番下に書いてある名前だよ」大統領はデュマに手帳を差し出した。デュマは手帳を受け取ると名前と連絡先を自分の手帳に黙々と書き写してから返し、ミッテランはコートの元あった場所に手帳を収めた。〈ミシェル〉はある男について話し始めた。その男が誰なのかダニエルには見当がつかなかった。デュマは目を細くしながら聞き、ミッテランは笑みを浮かべた。「あなたは厳しいね」大統領は皮肉交じりにそう言うと続けるように促した。「でも、ほんと、本当なんですよ。私がその場にいたんですから」太った方は最後のパテをパンにぬりながら話を続けた。ダニエルは耳をそばだてる。親密で、少しばかりクレイジーな空間を共有しているようだった。ブラッスリーにいる客のすべてが姿を消していた。ここにはもはやたった四人しかいない。〈それで、ダニエル君、あなたはどう思うんだい?〉ダニエルはミッテランの方を向いて、そしておそらく大統領の関心を惹きつけるのに十分な言葉を返したのだろう、大統領は黙って頷くと、ロラン・デュマの方を向いて意見を求める。デュマは頷き、そしてミシェルは冷ややかな声で加える。もちろん、ダニエルが正しいですよ！

あの女性はとても美しい……フランソワ・ミッテランは甘い声で言う。ダニエルが彼の視線をたどると、赤いドレスを着た栗色の髪の女をじっと見つめていた。デュマも料理が運ばれてくるすきを狙ってさりげなく振り返る。太った方も同じことをした。とても美しい、ミシェルも言った。確かに、デュマが加わった。ダニエルは大統領に親しみを覚えた。フランソワ・ミッテランが自分と同じワインを飲み、今、同じ女性に惹かれている。フランスのトップと同じ好みであるというのはささいなことではない。女性の評価について交わされる男たちのくだけた会話は連帯感を芽生えさせ、ダニエルは隣のテーブルの四人目の客であることを急に意識し始めた。ダニエルもまた元大臣が嬉しそうに連絡先を書き写していた黒革の手帳を持っている。彼は太った方のカーヴを知り尽くし、定期的にそこを訪れてはソーセージを試食し、その後、極上のハバナ産葉巻に火を点けるのだ。そして大統領がパリを散歩する時にはお供し、二人そろって後ろで手を組みながらセーヌ川沿いの河岸やブキニスト（露店の古本屋）に沿って歩き、世界市場について、あるいは、より慎ましい話題として、ポン・デ・ザール（芸術橋）の上で夕日について談笑する。それ以降、すれ違う人は見慣れた二人のシルエットを振り返っては、周囲の人たちに小さな声でささやくのだった。ダニエルはフランソワ・ミッテランと親しいらしいよ……

「何か必要なものはございませんか」

ウェイターは空想からダニエルを引きずり出した。あっ、けっこうです。彼は必要なだけ時間を引き延ばすためにシーフードプレートをゆっくりと味わっていた。たとえ閉店時間までいることになっても、大統領より先に席を立つことなどありえなかった。自分のためにも、また他人のためにも、いつか今宵のことを話せるようにそうするのだ。私は一九八六年の十一月のある日、とあるブラッスリーで、フランソワ・ミッテランの隣で夕食をした。大統領は私のすぐ横にいて、君を見るように大統領を見ていた。ダニエルは今後十数年は言い続けるだろう言葉を思い浮かべていた。

二時間と七分が経過。支配人が儀式を行うかのようにドアを開くと、フランソワ・ミッテランはデュマと太った男を従えて姿を消した。三人はクレーム・ブリュレで食事を終えていた。太った方は外で歩く間に吸うつもりで革のケースから葉巻を取り出し、デュマが五百フラン札で支払いを済ませた。「さて、行こうか」大統領は言った。デュマは立ち上がり、クローク係の若い娘が姿を見せると、コートに手を通すのを手伝ってもらっていた。腰痛があるんだと愚痴をこぼしていた〈ミシェル〉も同じ様にしてもらっている間、大統領は自分でコートに腕を通すと首に赤いマフラーを巻いた。彼はそうしながら栗色の髪のクローク係の娘を振り返り、視線を交わした。彼女は小さく微笑み、大統領は微笑み返したはずだったが、ダニエルはその瞬間を見逃していた。三人は出口へと向かった。店内にいた客は三人に釘づけで、数秒の間声を潜めていた。それでおしまい。何枚かの空の皿、ナイフ、フォーク、スプーン、グラス、しわくちゃの白いナプキンが残されていた。他のテーブルと何も変わらない。ただのテーブル。ダニエルはそう感じた。数分後には食器はすべて片づけられ、テーブルクロスは新たに取り替えられるだろう。二巡目のサービス時間帯に入ってきた客は、ほんの少し前にフランス共和国大統領が座っていた席だとはつゆほども思わずにその席に着くだろう。

ダニエルはわずかに乳白色をおびた牡蠣を最後に一つ残していて、その牡蠣は解けかけた氷の上で二十分以上も退屈していた。赤いビネガーをひとさじかけて食べると、ヨードの香りが胡椒の苦みの加わったビネガーと混じり合って舌の上に広がった。「私は先週それをヘルムート・コールに言ったんだが……」、ダニエルは間違いなく、このセリフを一生涯聞き続けるだろう。彼はプィィを飲みほすとテーブルクロスの上にグラスを置いた。今宵の夕食はまったく現実味を欠いていた――すべてはささいなことに由来しているのだ。もしダニエルが家に帰って自炊することを選択していたのなら、もし別のブラッスリーを選んでいたのなら、もし支配人が空席を持たなかったのなら、もしそのテーブルの客がキャンセルをしていなかったのなら……人生の重要な出来事はいつもささいなことの連鎖の結果である。この考えはダニエルに軽い眩暈《めまい》を引き起こしたが、それが思索の力によるものなのか、七五〇ミリリットルのプィィ・フュイッセによるものなのかわからなかった。彼は数秒間目を閉じてため息をつきながら、肩を動かし、次いで首をぽきぽき鳴らそうと左手を上げると、銅のバーに触れた。手が冷たいメタルにぶつかり、そして別のものに触れた。縮んだばかりの牡蠣のように何か柔らかくて、手触りの良いもの。銅のバーを見上げると、帽子があった。本能的にブラッスリーの入り口を見た。大統領は数分前に店をあとにしていた。入り口には誰もいない。ダニエルは従業員に知らせようかと思ったが、その時、よりによって誰も近くを通らなかった。フランソワ・ミッテランが帽子を忘れた。この言葉が心の中で形を持つとくねくねと動き始めた。これはミッテランの帽子だ。帽子はここにあり、きみの隣にある。それは今宵が現実であることの証だった。夕食会が実際にあった証。ダニエルは銅のバーと鏡の間に丁寧に挟まれた帽子をもう一度眺めた。黒いフェルト帽の後ろの鏡には、食堂が映っている。隣の人が帽子を忘れたようだ、としたり顔で支配人を呼びつけて丁重に頭を下げられる代わりに、思いがけない衝動がダニエルを捉えた。別の人格が現れたようだった。もう一人のダニエル・メルシエは室内の真ん中に立つと、数十秒後に訪れる、単純だが取り返しのつかない行動の証人となった。自らを観察するダニエルは、自分が銅のバーに向けて手を伸ばし、黒いフェルト帽の端を摑んでそれを慎重に持ち上げ、赤いベルベットの上を滑らせ、それから静かに膝の上に乗せる自分の姿を目撃していた。せいぜい三秒半ほどのこの一連の動きは途方もなくゆっくりと感じられ、食堂の音が耳にふたたび届き始めると、ダニエルはあたかも長く水中にもぐってから水面に顔を出したかのようだった。血液がこめかみを打ち、心臓の鼓動が胸の内で高鳴っていた。もし万が一、いまの今、誰かが帽子を探しに来たらどうする？ ダニエルはちょっとしたパニックに陥った。ボディガードが現れたら？ それとも大統領自身が戻ってきたら？ そうしたら何をしよう？ 何を言おう？ どうやって自分の膝の上にある帽子の存在を説明しよう？

　ダニエルは盗みを働いたのだ。最後に何かを盗んだのは甘ったるい思春期にさかのぼる。放課後、ダニエルは友達と一緒にクールブヴォワの商店街をうろついていた。そしてクリストフ（レフンチポップ歌手）の四十五回転盤レコード『アリーヌ』を万引きしたのだ。一九六五年のその夕刻以降、特記事項はなし。ダニエルがたった今犯した罪はスーパーマーケットでビニール盤をくすねるよりもはるかに重かった。ダニエルは身動き一つせずに、ブラッスリーの客たちを見渡す。大丈夫だ、誰も見ていない、間違いない。この点については何も心配することはなかったが、予想しない何ごとかが起きてしまう前に、大統領が帽子を探してレストランへ電話をかけてくる前に、支配人の厳しい管理下でウェイターたちがテーブル周りで騒ぎ始める前に、この場を去らなければならなかった。ダニエルは会計をお願いする。クレジットカードで、と彼は加えた。ウェイターがカードマシンを手にして戻ると、ダニエルは金額をちらりと見るが、もはや金額などどうでもよかった。コード番号を押すと機械がきしきしと音を立てながらレシートを吐き出した。ダニエルはポケットを探り、銀のメタルトレイにチップを置く。ウェイターはお礼に頭を下げてその場を離れた。今だ、ダニエルは心の中でつぶやいた。口が渇き、水を注いでひと息に飲みほし、ついでテーブルクロスを丁寧にめくると、大統領の帽子を取り、頭にかぶった。よしっ、完璧だ。ダニエルはコートの袖に腕を通し、足の力が抜けて今にも崩れ落ちそうになるのをこらえながら出口へと向かった。支配人が行く手を阻むかもしれない。「すいません、お客様……恐れ入りますが、この帽子は……」。実際には何も起こらなかった。ダニエルはチップに十五フランを置いていた。出口に向かう途中、ウェイターたちは次々に頭を下げ、支配人さえ、細い口ひげを上げて笑顔で挨拶をした。ウェイターが開けたドアをくぐると、寒い外気に包まれ、襟を立て、停めていた愛車の方へと歩いて行った。ミッテランの帽子が頭上にある、彼は自分に言い聞かせた。

車に乗り込むとすぐに、バックミラーを傾け、静かに、そして長く、帽子をかぶった自分の姿を見つめた。脳全体がスパークリング・アスピリン溶液に浸り、ずっと前から麻痺していた箇所を酸素の泡がくすぐっているようだった。ダニエルはキーを回し、ゆっくりと夜の闇へと出発する。

彼は長時間ドライブし、ぐるぐると家の近所を周り、パーキングのある地下五階に車を停めた。こうしてずっと何も考えずに、いくらでも走り続けられるかのようだった。温かい湯が与えてくれる柔らかな安堵感がダニエルを包み込んだ。誰もいないリビングで、ソファに座り、消えたテレビの灰色の画面に逆光で映る自分の姿を見た。帽子をかぶって腰を下ろす男の影が映り、ダニエルはゆっくりと頷いた。たっぷり一時間、ほとんど神秘的ですらある穏やかな自分の姿を眺めていた。ようやく深夜二時頃になって、妻が残した留守電のメッセージに気づいた。ノルマンディーは万事順調で、ヴェロニクとジェロームは翌日の二十一時四十五分、サン=ラザール駅に到着する予定。彼は服を脱ぎ、最後に帽子を取った。黒い革のバンドを見ると、金色で刻まれた二つの文字F. M.に気づく。心がどよめいた。

ダニエルは夕食の話をしながら、事実を少しだけ変えていた。シーフードプレートは牡蠣二十四個に、ハーフのイチョウガニ、それとタニシが少しだけだった、と。もしあの素晴らしいディナーを詳細に話すなら、ヴェロニクは値段にばかり気がいってしまうだろう。「ああ、そう。私たちがいない時にいいわね」とか、「そうやって一人でご馳走を食べているのね」などと言うだろう。昨晩の出来事がこんな雑音に台無しにされかねない。ダニエルは大統領の到来は聖書に書かれた出来事のようだったと語り、自分がビネガーを牡蠣にかけた時に大統領がささやいた言葉を伝えた――「私は先週それをヘルムート・コールに言ったんだが……」、この言葉は天空の奥から発せられた神の言葉のように木霊《こだま》した。

「とにかく驚いたわ」「何に？」ダニエルは聞いた。「帽子を盗んだってこと。あなたらしくないじゃない」「完全に盗んだってわけじゃない」。ダニエルは妻からの鋭い指摘にいらだった。「返してない、という言い方が正しい」。この切り返しはうまくいき、帽子は自分がきちんと保管している方がむしろいいんだ、ということをヴェロニクに信じ込ませた。というのも、レストランの口ひげの支配人が帽子をくすねてしまうか、最悪のケースでは、支配人も気づかないうちに、この帽子が誰の物なのかを知らない客がもっていってしまう可能性だってあったのだ。夜食を取った後、息子は自分の部屋に寝に戻り、二人はリビングに入った。ヴェロニクはフェルト帽を手に取ると、ゆっくりと物憂げに指先で撫でた。「ミッテランが帰る前に気づけば良かったのよ。そうすれば大統領を呼び止めて、笑いながら帽子を返せたでしょ」、ヴェロニクは悔しがった。「そうしたら二人だけの秘密ができたかもしれないのに」「その通りさ。でも、気づいた時にはもうミッテランは遠くに行っていたんだよ」、ダニエルはそうは言ったものの、実際には、現実に起きた状況の方を気に入っていた。大統領の帽子が手元にあるという状況を。

マルタールさん、あなたの意見にまったく賛成できません、ダニエルは首を振った。それから会議室の大きなテーブルの上に置いていた帽子に軽く触れた。十一時の会議に集められたのは、ジャン・マルタールの他、財務部十人のメンバーで、皆、目を点にしてダニエルを見つめていた。ダニエルはしばらく沈黙を置いてから、唇の端におごそかな笑みを浮かべ、財務部の新任部長マルタールによって進められていた議論を、論点ごとに一つひとつ丁寧に反駁《はんばく》していった。並外れた自信を持って、ゆうゆうと波を砕くイルカのように、駆け引きに挑んでいた。ダニエルが説明を終えると深い沈黙が部屋を包み込んだ。ベルナール・ファルグは口を半開きにしたままダニエルを眺めていた。ミシェル・カルナヴァンが同僚男性陣の意気地のなさを前に小さく咳払いをしながら「ダニエルは私たちの心配事を完璧にまとめてくれたわ」と述べると、間髪容れずにベルナール・ファルグが「目覚ましいね」とまるで小さな電気ショックを受けたかのようにコメントした。マルタールはダニエルを平然と見、そして冷ややかに言った。「メルシエさん、あなた、策士ですね」。

　ソジェテック社の最高財務責任者ジャン＝ベルナール・デモワンヌは、パリ北支部の新規目標設定会議に参加するために出向いていて、ダニエルが発言している間、ずっと視線を逸らさずにいた。ダニエルが、財務部を三つに分けることはできないが、少なくとも二つの明確な軸に区別しうる、と数字をもとに明快な説明をしていた時、デモワンヌはすぐにメモに走り書きをした。参加してくれてありがとう。戻っていいですよ、デモワンヌはダニエルにそう言うと、続けて、マルタールさん、あなたと話がしたい、と言った。マルタールは従順な作り笑いを浮かべて頷き、ダニエルの方に視線を投げた。その瞬間、ベルナール・ファルグは新任部長マルタールが補佐役のダニエルに投じた冷めた憎悪の眼差しに気づいていた。ベルナール・ファルグは会議室から出るとすぐにダニエルの腕をつかんで言った。「君は抹殺したよ、マルタールを抹殺だ」「いいえ、とんでもないですよ」、ダニエルはまばたきしながら否定した。フランソワーズが加わった。「いいえ、したのよ。間違いなく、マルタールは外される。デモワンヌが今から話そうとしているのはそのことよ。あなたはマルタールの論点をへし折ったんだから」。皆がダニエルの周りを輪になって囲んだ。急進的な組合活動家よりも、どの弁護士チームのリーダーよりも、自分たちの利益を同僚がその秘めたパワーで守ってくれたことに興奮を隠しきれなかった。冷静沈着、機転の利いた相手の急所に突き刺さる言葉を褒めそやした。「完璧、お見事」、ミシェル・カルナヴァンはそう結論づけた。

ダニエルは部屋に戻り、回転式の肘掛椅子に腰を下ろした。そして目の前に置いた帽子を触りながら部屋の静けさを味わった。目を閉じる。幼少の頃からずっと感じ続けていた不安の虫が顔をのぞかせることは一度もなかった。むしろ逆に穏やかな落ち着きを感じていた。数日前までであれば、ジャン・マルタールとの対決を考えただけで、血圧が上がり、ランチの最後のひと口を食べ終えるや否や胃がきりきりと痛み始めていただろう。午後の間中ずっと弓弦のように張りつめ、二人のやり取りを頭の中で何度も反芻し、場を読めずに発した下手な表現、自分でもわけのわからないうちに吐き出した言葉や論点について、怒りさえ覚え、青ざめた面持ちで翌朝を迎えることも考えられた。しかし、そのようにはならなかった。夏の夕暮れ時に海辺の砂浜に沿って歩いているかのように、とても気分が良かった。しかしこの目新しい状況はダニエルをそれほど驚かせなかった。あたかも元々そうであったはずのダニエル・メルシエがようやく日の目を見たかのようなのだ。それまでの彼は完成前の試作品であり、何かの下書きでしかなかった。部屋のブラインドを上げると、冬の陽射しが射し込み、ソジェテック社の書類の合間にもぐり込んだ。

ジャン・マルタールがノックもせずに部屋のガラス戸を押して入って来た時には、夜の七時を少し回っていた。「まだ帰らないんですか？　時間外だけど給料はでませんよ」、彼はそっけなく言った。ダニエルは冷ややかに彼の方を見ながら「ソフレムの書類を終えたら帰ります」と答えた。「明日にしてもいいんじゃない。もう遅いし、業務はすべて終わってるよ。ほかと合わせてくださいね」、マルタールは言った。ダニエルは黙ったまま、結婚五年目に妻からプレゼントしてもらったイニシャル入りのパーカーの万年筆のキャップを閉じた。そして立ち上がると、コンピューターとミニテル（一九七〇年代にフランステレコムが開発したモノクロ画面のダイヤルアップ接続型情報通信サービス機）の画面を消してフェルト帽をかぶった。帽子は帽子をかぶる人にそれをかぶらない人以上の威厳を与える、とダニエルは思った。突然、ジャン・マルタールが小さく見えた。見ているうちにぐんぐん縮んでいくように思えた。一匹の憤怒にかられた虫が羽をぶんぶん言わせながら絨毯《じゅうたん》の毛足の長さにまで縮んでいく。こうなれば靴底で踏んづけるしかないだろう。「思い通りにはいきませんよ。デモワンヌから呼ばれるのを待っている、そうでしょ？」、マルタールは毒気を含んだ笑みを浮かべた。

「もう電話、頂きましたよ……」ダニエルのセリフがマルタールの表情を一瞬で歪ませた。話すのを止め、ダニエルをじっと見つめた。「デモワンヌが君を呼んだって」、マルタールは言葉を文節に区切りながら言った。「はい」ダニエルはコートの袖に腕を通しながら短く答えた。「デモワンヌは何をしたいんだろう？」マルタールは聞いた。「金曜日の朝食に誘われました」

「君と一緒に朝食をする？」、マルタールは声を詰まらせた。大惨事を引き起こさないために大声を避けるほうが賢明な呪文か何かを言うように。「はい、デモワンヌがそう言いました」。

ダニエルは書類をしまおうとアタッシュケースに身体を傾げた。長い沈黙が流れ、彼は金属音を鳴らして留め金をとめると、それが出発の合図となった。二人はひと言も交わさずにエレベーターを降り、別れの握手を交わすこともなくエントランスの前で別れた。マルタールはダニエルが歩道の上を遠ざかるのを見届け、それから最初に目についたカフェに入り、ラム酒のダブルを注文した。コートと黒いフェルト帽をかぶった部下の姿が、その夜ずっと頭から離れなかった。

秘書がクロワッサンと、ウィンタースポーツ用のニット帽をかぶったような卵を運んできた。卵を覆う刺繡《ししゅう》のほどこされた布は卵を定温に保つのに役立っているのだ、とダニエルは思った。ヴェロニクにあとで伝えておこう。ジャン＝ベルナール・デモワンヌが目の前にいた。二人はソジェテック社の十九階、パリを一望できる窓辺の大きな白い革張りのソファに座っていた。ビルの高さは間違いなく、ここにオフィスを構える人たちに優越感をもたらしていた。食べましょう、デモワンヌはそう言うと、卵の帽子を素早く取った。私はね、茹で具合にはうるさいんだよ、彼は微笑んだ。ああ、なるほど、ダニエルは思った。家でいつもやるみたいに、卵の天辺をナイフで切り崩しにかかるのはまずいのだ。スプーンをちゃんと使わなくては。彼も卵の帽子を取って殻に取りかかった。「ダニエル、単刀直入に言いましょう。財務部の現状について、あなたの分析はとても印象的だった」。ダニエルはできるだけ謙虚に答えようとしたが、デモワンヌがその時間を与えなかった。「いやいや、何もおっしゃらなくてけっこう。私たちの間では、謙虚な素振りも、立派なお世辞も必要ないですよ。コーヒーにしますか？」彼は聞いた。最高財務責任者がダニエルにコーヒーをさし出した。ほんの数日前、ダニエルはいつものように八階の自動販売機前でプラスチックコップが落ちてくるのを待っていた。その彼にデモワンヌ氏自らがコーヒーをさし出している、誰がこんな事態を予想しただろう……デモワンヌはクロワッサンの先をコーヒーに浸した。そして、そのクロワッサンをほおばりながら、どんな占い師がするよりも正確に、ダニエルの将来を告げた。「私は人間というものをよく知っている」、彼はタワービルの高層フロアに城をかまえる人の自信を持ってそう言い、それから「人間と会社をね」と夢見心地につぶやいた。「私たちの職種ではサプライズは滅多に起きない。一年で判断する。その後、成長するかしないか、しかしサプライズはない、わかるかな？」ダニエルは口をいっぱいにしながら頷いた。デモワンヌはおごそかにダニエルのコップにコーヒーを注ぐと「コーヒーは重要だ」と言った。「バルザックは日に何リットルも飲んでいたからね。バルザック……読まれるかな？　もちろんだよね」「もちろんです」、一度もバルザックの本を開いたことのないダニエルが答えた。「あなたには本当にたくさんのポテンシャルを感じる。なぜソジェテック社でもっと重要なポストについていないのか？　能力に見合ったポストにつくべきでしょう」「ポストと言いますと……」、ダニエルはつぶやいた。「マルタールは馬鹿なんだよ」、彼は言った。「間違いない。でも、私だって嫌なんだけど、あなたに関係のないところで、マルタールを抱えていなくちゃいけない理由がある。でもね、私はあなたを財務部長に任命したいと思っているんだ」。ダニエルはコーヒーカップの上でクロワッサンを手にしたままデモワンヌを見つめた。「ダニエル、我が社の地方財務部を引っぱっていって欲しい。あなたがパリに住んでいることはもちろん知ってる。でも、これが、今提案できる、私の唯一のオファーなんだ。現在、ルーアンでそのポストにいるのがピエール・マルクーシだが、健康上の理由でポストを離れることになった。まだオフレコだが、一月から行ってくれないか」

帽子だ。ダニエルの生活を激変させた一連の出来事の中心にはこの帽子があった。ダニエルは確信していた。帽子をかぶるようになってからというもの、それが存在するだけで、日常の心配ごとから解放された。帽子はダニエルの精神を研ぎ澄まし、重要な決断をするよう促した。もし帽子がなかったら、ダニエルは例のあの会議でマルタールに思い切って話すことも、高層タワービルの十九階でデモワンヌと半熟卵を食べることもなかっただろう。彼はうっすらと大統領の何かを感じていた。ナノ粒子ほどの極小の目に見えない何かが非物質的な形で帽子に残っていて、その何かが運命の息吹をもたらしたのだ。「ありがとうございます」、ダニエルは帽子に向けて、そして組織のボスに向けてつぶやいた。「よし、受けてくれるね」、デモワンヌは最後のクロワッサンのひとかけらを食べながら言った。「はい」、ダニエルはまっすぐに相手の目を見つめた。「けっこうだ」、デモワンヌは手を差し出して握手を交わした。それから布をかぶせていない卵の方に顔を近づけると「これ、あなたのにはないね」と笑った。デモワンヌは小さな穴が開くまで、スプーンの柄の端で卵の上をトントントンと軽く叩き、そして今度は同じ動作で卵の下に穴を開け、次いで、頭を傾げて卵の中身を飲み込んだ。「毎朝、生卵一つ。それが小さな幸せなんだ……」ジャン゠ベルナール・デモワンヌは言い訳するようにつぶやいた。

ひと月と経たないうちに、ダニエル、ヴェロニク、ジェロームはサン＝ラザール駅のプラットフォームにいた。今回はル・アーヴル行きの列車０６７８１の到着を待っていた。最初の停車駅がルーアンだった。五つのトランクは中身がいっぱいではちきれそうだった。家の家具はブルターニュの引っ越し業者のきめ細やかな手配で、あとからトラックで運ばれる予定だった。ダニエルは黒い帽子をずっとかぶったまま、レールのはるか向こうを眺め、新天地へと三人を連れて行く列車の到着を待っていた。ヴェロニクは感極まってダニエルの腕をぎゅっとつかみ、学校の友だちと会えなくなるジェロームはずっとむくれていた。

　列車に乗っている間、ダニエルはソジェテック社の四階にいたパリの数年間を思い出していた。同僚たちが出発の祝いにカナル＋《プリュス》の年間会員券をプレゼントしてくれた。二年前にこの〈有料放送〉チャンネルが登場してからというもの、オフィスの話題は変わった。ダニエルはカナル＋が経理課で短期間のうちに担うようになった重要な役割に気づいていた。それ以降、コミュニケーション担当者のフロランスが言うように、カナルを観ることはある種〈must〉になっていたのだ。ベルナール・ファルグとミシェル・カルナヴァンは、ダニエルのテレビでは砂嵐しか映らないこのチャンネルのことしかもはや話さなかった。コーヒーの自販機前では公開して一年も経たない新作映画が話題になっていた。カナル＋を観ていると会話に参加することが許されるが、観ていないと、黙ったまま聞いているしかなかった。「あれ、観てないの？」と言うデコーダーのユーザーの質問に「加入してない……」と返事をするのは無能な証拠、何か惨めな運命でも背負っているかのような気がした。しかしこれからはダニエルもカナル＋を視聴できるようになる。彼は放送局からウェルカム・カードを受け取っていた。そこには〈カナル＋、それはプラス〉とスローガンが書かれ、新規加入を歓迎してくれた。あとはルーアンの公認業者のどこかに行って、この手紙と契約加入の登録番号を見せれば、デコーダーを取りつけに来てくれるだろう。ダニエルはコーヒーの自販機前で、前日放送された番組について、夜の八時半からやっている映画について、新しい同僚たちと一緒に会話することができるのだ。たぶん未加入の誰かに向かって、こう言って悦に入ることさえできるだろう。えっ、カナルないの？　入らなくちゃ……

聞いたところによると、新居は十二年住んでいた十五区のアパルトマンより、部屋が二つほど多い。パリの家の大家は、ジェロームの通う学校の女性校長と同様、突然の退去に怒り心頭だった。「すいません、でも人生には状況というものがありまして……」、ダニエルは怒られると決まって謎めいた答え方をした。するとしりきれとんぼのこのセリフはブラックホールとなって、話し手の反論を飲み込んだ。自分ではいかんともし難い謎めいた状況の変化に身を委ねた男に向かって何を言うことができようか。何も言えまい。

ノルマンディー地方の都市ルーアンに着くと、ダニエルはタクシー運転手に市内の住所を見せた。タクシーに乗り込んでから十五分ばかりが過ぎた頃、ヴェロニクはダニエルを見て眉をひそめた。彼が好きな妻の表情。ちょっとあなた、帽子は？　彼女は言った。時間が止まった。凍りつくような戦慄にしばし襲われ、さながら幽霊が体内を駆け巡った直後のようだった。ダニエルは電車の網だなの上に置かれた帽子を超現実的な精度でありありと思い出していた。荷物を置いたところではなく、正面の網だな。網にかかった帽子。ダニエルの帽子。ミッテランの帽子。彼は電車から降りることに気を取られ、まだ帽子をかぶるのにも不慣れで、忘れたのだ。ダニエルは大統領と同じ過ちを犯してしまった。「引き返そう」、彼はうつろな声でつぶやいた。「引き返そう、急いで！」、今度は大声を出した。プジョー３０５はＵターンし、駅へ向けて猛スピードで走った。ダニエルはタクシーから走り降りた。しかし何もできなかった。列車はもう出発していたのだ。ルーアン駅の落とし物預り所に帽子はなかった。彼は何日も何週間も何か月間も、ＳＮＣＦ（国有鉄道《フランス》）の落とし物係に電話をかけた。駅の電話番号を暗記した頃には、ミッテランの帽子をもう二度と手にすることはないだろう、ダニエルはそう思っていた。

同じ日の夜、ファニー・マルカンはル・アーヴル駅でパリ・サン＝ラザール行きの列車に乗り、88番シートの上の網だなに旅行バッグを置いた。目の前には、ミラーサングラスをかけ、ウォークマンを聴いているロン毛の若い男が86番シートに座っていた。男の革のブルゾンにはブロンドに染めたぼさぼさ髪のロックバンドのバッジがついていた。そのバンドメンバーも黒革のブルゾンを着ていた。オレンジのスポンジで覆われたヘッドホンからは音が漏れ、ファニーはそれがヨーロッパ（スウェーデンのハードロックバンド）のヒットナンバー『ザ・ファイナル・カウントダウン』のリフレインだとわかった。ファニーは個人的に新人のミレーヌ・ファルメール（カナダのモントリオール出身。フランスの国民的歌手）のほうがずっと好きだった。赤毛で自信なさげな眼をした若い女性の歌詞とその世界は、脱色ロン毛のデカ頭をしたハードロックのエレキギターソロよりも心に響くものがあった。ミレーヌ・ファルメールは教養がある、と巷《ちまた》で言われていた。エドガー・アラン・ポーやボードレールを読み、そのことがファニーの気にいった点でもあった。彼女も読書や書くことが好きだった。

ファニーはバッグからバラ色の表紙のクレールフォンテーヌ社製のノートを取りだした。『エドワール』という素朴なタイトルのつけられた文章がノートの最初の三ページまで書かれている。バルベック文学賞に輝くと三千フランが贈られ、『ウエスト・フランス』(フランス西部で販売される地方日刊紙。フランス最大の販売部数を誇る)の文芸付録として掲載の機会も与えられる。授賞式は三月に〈カブール・グランドホテル〉で開催されていた。ファニーはずっと前からものを書き、初めの頃は鍵つきの小さな手帳に日記をつけていた。それから長い間誰にも見せずにこっそり自分のために書き溜めた作品があり、やがてそれらの一つひとつを新人賞に応募するようになった。『花束』は受賞作として選ばれた。賞金も掲載の機会もなかったが、それまで味わったことのない自負心と、人から認められたという手応えがあった。『住所変更』はある地方の文学賞三位になり、『港の午後』はル・アーヴルの演劇祭で朗読される栄誉をえた。今年のバルベック賞のテーマは〈本当にあった話〉で、ファニーはエドワールとの出会いを書こうとしていた。国税庁ル・アーヴル支局で秘書を務めるファニー・マルカンはエドワール・ラニエと交際し始めてから、二年五か月と二週間が過ぎていた。エドワールはパリに勤務し、シャンブルシーという、テレビや広告で見ない日はないほど有名なヨーグルト会社で管理職についていた。既婚者で、一家の主だった。二人が出会って間もない頃、彼はよく「愛しているよ。妻とは別れるから……」と軽率に口にしていた。若い男のいっときの発作みたいに、愛を信じ、思うままに人生をコントロールできると思っていた。やがてエドワールは二人の関係で生じた目の眩むような裂け目に気づき、時間が必要だと弁明するようになった。それ以上の説明はなかった。「時間が必要だ……時間をくれないか……時間がかかるんだ……」、いろんな言い方があった。二年という歳月が流れていくうち、エドワールは気難し屋のスイス時計職人以上に時間にこだわった。妻に切り出すために、妻に状況を理解させるために、新たな人生を歩む決心を妻が認めるために必要な時間、それは最初の頃には甘美であったファニーとの関係を徐々に蝕《むしば》んでいった。

二人はパリのバティニョール地区にあるホテルの一室で、月に一度ないしは二度落ち合い、存分に戯れた後、エドワールは閉じた鎧戸《よろいど》からもれる明かりでネクタイを締め、苦しげな面持ちでファニーのためらいがちな質問を待っていた。「奥さんには話した？」エドワールの表情は固まり、かろうじて聞き取れるほどのため息が部屋の空中に伝わった。「時間が必要なんだ。わかるだろ」、彼は頭を振った。

それでもファニーはエドワールを愛し続けていた。彼がル・アーヴル発のパリ行き列車のコンパートメントの中で荷物を置いたその時、ファニーはエドワールを愛し始めていた。背が大きく、やせ型で、白髪交じり、あごには小さなくぼみがある。彼の身体的特徴はすべて心をくすぐった。彼女は彼が左手にしていた指輪を見逃さず、数分後にはそれが消えていることにも気づいていた。指には跡が残り、薬指にできた小さな輪はノルマンディー地方と首都パリの隔たりの中に消えていた。雑誌が床に落ち、彼はそれを拾おうと頭を下げ、笑顔で彼女に渡すと、それが激しい恋の始まりとなった。ファニーはちょっと目を閉じるだけで、生活の流れを一変させた、あの一瞬の出来事を思い出すことができた。まるで男性向け香水のテレビコマーシャルのようだった。一人の男が列車に乗ると綺麗な女性が座席で雑誌を読んでいる。列車は出発し、雑誌が落ちる。男は屈んでそれを拾う。二人の視線が熱くなる。香水混じりの男の匂いが女に届く。女はうっとりする。テレビやアメリカのロマンティックコメディ映画でしか見ないような、〈キッチュ〉な瞬間がファニーを待っていた。それからというもの、ファニーはパリとル・アーヴルを結ぶ列車の道のり、時々、ベッド上の短いアヴァンチュールを過ごすルーアンやトルヴィル行きの列車も含めて、その道のりを完璧に記憶していた。エドワールが家族と一緒に過ごすパック（復活祭前後の約二週間のバカンス）や夏冬のバカンスをのぞいて、ファニーは年に平均して四十五回この道のりを使い、旅費はすべてエドワール持ちだった。二十七歳のファニーは愛人の座まっしぐらだった。可能性がまったくないわけではない正妻への昇格は宙ぶらりんのままで、それはまさに国税庁支局の支局長秘書へ昇格するのと同じくらい不透明だった。書類はいつも審議中で〈慎重に検討〉され続けていたのだ。ファニーの人生書類も同様、彼は役所仕事と同じ無気力さで〈慎重に検討〉し続けていた。

「こんな状態でいるのがあなたにはちょうどいいんでしょ。絶対に奥さんと別れないことはわかってるわ」、ファニーは怒りのこみ上げたある日に言った。「いいやそんなことはない」、エドワールは反論した。「君を愛してるんだ。妻と一生過ごすつもりなんかない。そんなことはできない。妻とはもう寝てないんだ。何もないんだ」「だったら別れなさいよ！」するとエドワールは打ちひしがれた様子で頭を振り、それから呪文の言葉をつぶやいた。「時間が必要なんだ」。ファニーは枕に倒れ込み、ホテルの部屋の天井をじっと見つめた。あなたとは何もできない。私たちの過去は列車での出会い、現在はホテルの一室に要約され、未来はもう存在しない、彼女は彼を見ながら何度となくそう思った。ファニーは間違っていなかった。エドワールとはベッドを共にすること以外に何もできないのだ。手を繋いで通りを散歩することも、一緒にショッピングすることすらできない。たった一度だけ、トルヴィルで週末を二人で過ごしたことがあったが、彼はありとあらゆる知り合いが偶然、その時、その街に現れると信じ込んでいた。勤め先の同僚や友人、それどころか、ノルマンディーの小さな港で保養中であるはずの妻の友人まで。もしそのうちの誰かが二人の姿を目撃したらどうなるだろう。レストランだって同じことだった。エドワールは知り合いに会うことのないバティニョール地区から一歩も外に出ることはなかった。しかし、バティニョールのレストランだって絶対に安心という保証はなかった。二人はレストランのドアが開くとすぐに振り返り、知り合いではないことを確認するのだ。

彼はファニーとパリで密会する時、妻に地方や海外への出張だと嘘をついた。アリバイ作りのために、列車の時刻表や航空会社の不測のスト、よく知らない地方フェスタのイベントなどを事前に調べておかなければならなかった。この段取りのプロセスがエドワールの負担になっているとファニーは考えていた。彼女はと言えば、誰にも気づかう必要がなかった。二人が待ち合わせをしたり、ときおり、夜中にメッセージを交換し合ったりする場所はミニテルのモニター内で、そこ以外に、ファニーを待つ人はいなかった。モニターは不倫をする人たちのために開発されたようにさえ思えた。

エドワールの自宅に電話をかけるのは不可能で、オフィスも難しかったので、二人は３６１５アラインサービス（ミニテルの出会い系チャット・サービス）を通じて連絡を取り合った。月に数回、二人のＩＤは黒いモニターの左端に並んで点滅するコネクター・リストの中に現れた。エドワールのＩＤは〈アルファ75〉、ファニーは〈シュペット〉だった。彼は月間の空きスケジュールを探してシュペットにメッセージを送り、彼女はＢＡＬ（手紙ボックス）でそれを受け取った。〈22から23は空いてるけど、君は?〉〈いつもの場所にいるわ〉、シュペットは返事を打った。まれにではあったが、夜中にサーバーで落ち合うこともあった。エドワールは抜け目のない計画のもとにダブルベッドから起き上がると、床を軋ませないよう忍び足で進み、画面を点け、コネクションの音を待ち、約束の時間にシュペットとコネクトした。二人は愛の言葉をささやき、約束を交わした。〈一通のメッセージがあります〉という文字が画面上に表示される。アルファ75以外のメッセージで、中にはいやらしいものもあったが、シュペットは読み飛ばしていた。一方のアルファ75には男たちからのメッセージが届くこともあった。「今晩、フリーですか」とか、「会いましょうか、それともおしゃべりだけにしますか」などと尋ねてきた。恋人たちのロマンスが電気通信の迷路の森に道を切り開いていったのだ。

ファニーは月に数回、それも限られた時間にだけ愛人として会うという、生ぬるい凡庸な恋愛関係の罠《わな》にはまっていた。彼女はいつも次に会うのを最後にしようと思ったが、その勇気がなかった。戸惑い混じりの臆病な感情は今回が初めてではない。もし二人の関係に変化を望まないのなら、これから何年も関係を続けていくことができるだろう。ファニーはバラ色のノートの先が進まず、万年筆のキャップを閉めてうとうとした。ちょうど二時間が経った頃、彼女は列車のコンパートメントの中で目を覚ました。パリに到着し、雨がよりいっそう強く窓を叩いていた。ファニーはため息をついた。傘を持っていなかったのだ。視線が車両の網だなにある黒い帽子を捉えた。辺りをうかがう。夜の列車に乗っているのはたったの五人、乗客は彼女の席から遠く離れて座っていた。帽子の持ち主はここにはいない。列車がブレーキをかけると、彼女は立ち上がって帽子を取り、頭にかぶった。暗い窓に映る自分の姿をじっと見る。よく似合っていた。帽子は雨からファニーを守ってくれるだろう。

黒いフェルト帽の縁には空間を狭めるヒサシのようなものがつき、視界はくっきりとした境界線で区切られた。バティニョール地区で、一人の男が彼女を振り返った。デニムのミニスカートに、ハイヒール、シルバーのブルゾン、そして黒い帽子、月明かりに照らされたファニーの姿はどんなふうに映るのだろう。八〇年代の流行に敏感な、自由で、セクシーで、すぐに男と寝てしまう女……ファニーはプレタポルテショップのショーウィンドウに偶然映った自分の姿を眺めた。帽子は顔の輪郭にいつもと違う高貴な印象を与えていた。髪は帽子をちゃんとかぶるために上に束ねてある。男ものの黒いフェルト帽をかぶって外出、これからはこのスタイルが良いかもしれない。新たに加わったこのアクセサリーのおかげで、たまに彼女が思い切って買うブランド品の服を着た時と同じように、新たな力が授けられるのを感じた。今、着ているサンローランのスカートやソニアリキエルのハイヒールもそうだった。ＹＳＬのブランド名入りスカートを身に着ければたちまち、彼女はより美しく、より魅力的になったように感じるのだ。月給の四分の一もするソニアリキエルの靴にしても同じで、それを履いて細ひもを通すだけで、ただちに自分が大きく、まっすぐで、安定したように感じるのだった。姿勢が変わり、自信を持って歩く。ソニアリキエルのハイヒールが持つ秘密のパワーを知っているのはファニーをおいて他にいない。雨が止み、帽子を脱いだ。帽子の内側の革のバンドにF. M.という二文字が金色で刻まれていた。運命は彼女の味方なのだろうか。FとMの二文字をファニーは自分の名前、Fanny Marquant《ファニー・マルカン》のイニシャルとして読んだ。だから……私はあなたを放さない。決して放さない、彼女はフェルト帽を触りながらそうつぶやくと、髪をふたたび束ねて上にあげ、帽子をかぶり、より確かな足取りで夜の街を歩き始めた。

バティニョール地区にはひと気がなく、遠くにうっすらといくつかのシルエットが見えたが、やがて建物の暗がりの中へと消えていった。ホテルは駅からさほど遠くなく、エドワールは部屋でファニーを待っていた。彼はきっとベッドに横になり、テレビを観ているか、『ル・モンド』を読んでいるかしているだろう。ファニーはホテルの玄関ホールを抜けると受付にいる従業員の男の前を通り過ぎた。男はわけ知り顔で笑みを浮かべるとコクリと頷いた。ファニーは自分たちの関係すべてを知っているこの男が嫌いだった。あのいやらしい笑い方と頷き方から、男が夕暮れ時の廊下を歩きまわる姿を想像した。聞き耳を立て、ほんの小さなホテルでしか会うことのできない恋人たちのため息をうかがっているのだ。ファニーは旅行鞄を後ろに引きながら階段を上り始めたが、男が自分の足をじっと見ていることを知っていた。三階の二六号室。ドアの前に立つと、部屋の中からテレビの音が聞こえた。興奮してやり合う人々の声が幾重にもする。エドワールが好んで観ていた『答える権利《ドロワ・ド・レポンス》』(テレビの討論番組)に違いなかった。この番組は議論がけんか腰になって熱を帯びてくると、出演者たちがタバコを吸いながら叫び、怒鳴りあい、司会のミシェル・ポラック(作家、映画人、ジャーナリスト、プロデューサーなど、多様な顔を持つ)はいつもその様子を楽しむように目を細めながら破廉恥な表情でパイプをふかしていた。今週のニュースのまとめがシネ、プランテュ、ヴォランスキ、カビュ(いずれも新聞や雑誌の風刺画家の巨匠。ヴォランスキとカビュはシャルリ・エブド襲撃事件の際に暗殺された)による風刺画で画面上に映し出された時、ファニーはドアをノックした。だみ声の女優モニック・タルベはその一つひとつにコメントしながら「それではまた来週!」と野菜市場で聞くような挨拶で締めくくった。「入って、開いてるよ」、シャツとズボンを着たままベッドに寝転んでいたエドワールは身体を起こすと、ファニーの姿を目で追った。「その帽子、どうしたの?」「こんばんは」、ファニーはエドワールにキスをするために身体を傾げた。彼はファニーの首を撫でながらやさしくキスをした。彼女お気に入りの愛撫だった。そしてエドワールが彼女の頭の方に手を上げていこうとすると、ファニーはすかさず帽子を傾かせて身を引いた。「私の帽子に触らないで」「〈君の〉帽子?」エドワールは〈君の〉という点を強調しながら皮肉っぽく言った。「それはどっから来たの?」「秘密よ。でもほんとに私のなの」。テレビでは葉巻をくわえた男がミシェル・ポラックに証人になってもらいながら、誰もが知っていることをあたかも至極大切なことのように声高に主張し、もう一人の小柄な禿げ男をいらいらさせていた。ポラックはふたたび自分の番組の抑えが利かなくなっていくのを見ながらほくそ笑んでいた。「男の帽子じゃないか」、エドワールはじっと帽子を観察した。

それから立ち上がるとテレビのボリュームを下げた。「それで？」ファニーは髪の上の帽子の位置をちゃんとした。「なるほどね、そうか、男からもらったんだ」、彼はファニーを見つめ、彼女は意味深な笑みを浮かべた。「妬いてるの？」「たぶんね、君は他のヤツからもらったプレゼントを持って僕らの部屋に来たんだ……」

雰囲気ががらりと変わった。ファニーはエドワールを注意深く観察した。彼の身体、手、顔、声、髪を愛していた。二年半前からそれらすべてを愛していた。彼女は一度も会ったことのない幽霊妻に嫉妬していた。エドワールと一緒になることを邪魔する張本人。彼はこれまで嫉妬したことがなかった。しかし今夜の彼の表情には嫉妬の感情がありありと現れていた。ファニーはどこまでこの偶然拾った帽子のミニゲーム――エドワールが別の男からのプレゼントだと信じ込んでいる――を続けられるのだろう。もちろん行けるところまで行くのよ、ファニーは瞬時に浮かんだアイディアに自分自身驚いていた。フェルト帽はファニーが以前からそうしたいと望んでいたことを実現するあと押しをしてくれているのだ。これさえ言ってしまえば、エドワールとの関係を断ち切れる、いつの間にか臆病さが消えていた。まさに今、彼女はミシェル・ポラックのやり方をより深く理解できるような気がした。ポラックは相手を爆発させるまで徹底的にやりこめ、その被害状況をしたり顔で眺めるのだ。ファニーは何か楽しい恐怖とでも言うべき、妙な身震いを覚えた。そして少し後ずさり、テーブルの上に尻を乗せると、エドワールから目を離さずに頭を傾げた。ファニーは宙を舞い、どんな体位で得られるオルガズムよりももっと強い恍惚感に囚われた。「そうよ、この帽子はプレゼント」、彼女は穏やかに言った。

「いったい誰なんだい」、エドワールの言葉がファニーの内に深淵を開いた。「男よ」、彼女は自分がそう言うのを聞いた。「電車の中で会った男」「俺の時みたいに?」、エドワールはそう言いながら本能的に白いシーツを上げ上半身を隠しながら自分の幼稚さを文字通りに、そして比喩的に表した。「そうよ、あなたみたいに」「年はいくつだい? どうせおっさんの帽子だろ!」、エドワールは遅い時間に大声をあげた(深い眠りに落ちたバティニョール地区の壁の向こう側から苦情は届かなかったが)。「そうよ、あなたより年上」ファニーは始めた。彼女の視線は宙を泳いでいたが、そんなことはたいした問題ではない。「ハンサムで、あなたみたいじゃないけど、別のハンサムさがあって、感じが良くて、エレガントで、私を愛してくれていて、一緒に暮らしたがってる。彼の帽子を少しの間だけ借りたの。二人の間の遊びでね。私はル・アーヴルの通りでその帽子をかぶって歩き、一度だけだけど、彼と寝た時にかぶったままのこともあったわ。頭に帽子を乗せて、それで、彼の上でいったの……」。エドワールはファニーをまじまじと見ながら凍りついていた。「そうしたら、彼は私のイニシャルを入れてそっくりの帽子を買ってくれた。これは彼のことを思い出すためのプレゼントなの」、ファニーは帽子を脱ぐとしなやかな動作でエドワールに差し出した。彼は帽子をひっくり返すと、金色で刻まれたイニシャルを見た。「あなたは絶対に奥さんと別れない。私はホテルガールや週末の愛人になるつもりはないの。エドワール、あなたと別れるわ。あの曲のリフレインみたいに、〈あなたに別れを告げに来たの〉(セルジュ・ゲンズブールの一九七三年の大ヒット曲『手ぎれ』）」。言葉は落ち着いて出てきたが、全身の力が抜けていた。エドワールはファニーから目を離さずに大きなため息をつき、どう反応すればよいのか迷っていたが、ファニーは選択の余地はないと腹を決めていたようだった。彼は失った。彼女を失ったのだ。「わかったよ」、エドワールはしぶしぶ言った。「そんなことを言うために俺の週末を無駄にする必要はなかったのに。ミニテルで言えばそれで十分だったよ」、彼は立ち上がるとズボンを摑んだ。ファニーはエドワールをじっと見ていたが、彼が遥か遠くにいるような気がした。陽光で揺らめく、浜辺の端の影のようにしか見えなかった。彼はズボンに足を通し、シャツのパールボタンにもたつきながら腹立たし気に留めた。「そんなことを聞くために零時半まで待たされるなんて……」、エドワールは憎しみのこもった眼差しで彼女を見つめた。「君が去るんじゃないよ、俺が出ていくんだ！」、エドワールはそう言うと、ベッド下のモカシンを探した。部屋の床が燃え、部屋全体が真っ赤に染まっているようだった。エドワールは憤怒にかられる一方、心の奥底でほっとしている自分がいることにも気づいていた。これで妻に関する質問がようやく終わる。時間をくれ、という短い返事ももうしないですむ。彼はファニーとの無益で無駄な話にくたびれていた。そうだ、この別れは、たとえ捨てられるにせよ、重圧からの解放なのだ。彼は腕を上着に通しながら、卑怯だが、それを認めざるをえなかった。屈辱だが解放、おそらく、それが一番つらいのだが。「引き留めないの？」「引き留めない」エドワールはすかさず答えた。「そんなことはしないよ。君は俺を裏切り、俺は出ていく」、エドワールはケルトンのクォーツ時計の金属製ベルトを締めるとファニーの前に立ち、「さようなら」とそっけなく言った。「明日の昼までは部屋を使える」、彼はそう言うと旅行バッグを手にした。「どこ行くの？」彼女はやさしく声をかけたが、返事に関心があったわけではない。「たぶんリヨンさ。あそこに出張ということになってるからね」、彼はドアを開けてそう言うと、大きな音を立てて閉めた。ファニーはテーブルにもたれかかりながらエドワールの足音がホテルの廊下に消えていくのを聞き、それから目を閉じた。頭が少しくらくらした。ゆっくりとブルゾンを脱ぎ、スカートを脱ぎ、ブラジャー、ハイヒール、最後にパンティを脱いだ。浴室の中で、ファニーは裸のまま頭に帽子を乗せた自分の姿を眺めた。旅行バッグから〈ソルスティス〉の香水瓶を取り出すと、エドワールの臭いを消すために枕に吹きかける。そして帽子を脱ぎ、ベッドの上に置き、明かりを消した。シーツにもぐりこんで目を閉じる。帽子はベッドの上に置かれ、月明かりに照らされていた。ファニーは手を柔らかいフェルトの上に置いたまま眠りに落ちた。

冬の陽射しが薄手のカーテンを通り抜け、寝ぼけ眼のファニーの胸に光の斑点を作っていた。昨夜の出来事が、遠ざかっていく夢とは逆にゆっくりと断片的に蘇ってくる。身体にシーツを巻いて話を聞くエドワール、突然立ち上がるエドワール、帽子の内側のイニシャルを見るエドワール、続いて、バタンと大きな音を立てるドア、そして「そんなことを言うために俺の週末を無駄にする必要はなかったのに」。廊下に響くエドワールの足音。これで終わった。夢ではなく、本当にもう終わりだ。ファニーがバティニョール地区のホテルに戻ることはもう二度とないだろう。もう二度と、二人がパリやノルマンディーの港で密会の約束をすることはないだろう、もう二度と、ファニーが夜中に起きてミニテルを点けることはないだろう。３６１５アラインサービスのコネクター・リストにアルファ75を探すこともないだろう。もう終わったのだ。人はどうしたら他人の人生からいとも簡単に姿を消すことができるのだろう。それはたぶん他人の人生に入り込むのと同じくらいに簡単なことなのだ。偶然に交わされた言葉、それが関係の始まり。偶然に交わされた言葉、それが関係の終わり。その前は無、その後は空。エドワールはいったい何を残していったのだろう。何もなかった。ファニーの心を揺さぶり、興奮させるようなプレゼントが一つもなかったのは何だかおかしかった。ライターも、キーホルダーも、マフラーも、二人の写真も、彼からの手紙も、何一つない。彼女は胸や腹部を撫でる陽の光に身体を預けながら、長い間ベッドで横になっていた。帽子をベッドの上に置いちゃいけない、と言われていたのを思い出した。くだらない迷信のようなもので、黒猫の話（黒猫が道をよこぎると不吉なことが起きる）やはしごの話（はしごの下をくぐると不吉なことが起きる）と同じだった。ファニーはそうしたことに疎かった。すべてはこの帽子から……、彼女はささやいた。F. M. とはいったい何者か。一連の出来事をこのフェルト帽が引き起こしたと考えるのは間違っているだろうか……ファニーは昨夜、想像力だけで創りあげた男の顔を思い浮かべようとした。あの素敵な男性が愛の証として、自分の帽子によく似た帽子にイニシャルを刻んでプレゼントしてくれたのだ。知り合いに、そんなことのできる男はいない。そんなエレガントさも華やかさもなかった。男の身長はどれくらいだろう。細身なのか、平均くらいか。髪はどうだろう。栗色、ブロンド、それとも白髪？　顔のイメージが浮かばない。ファニーはあの時、嘘をついた。ずっと前から嘘なんてついていなかったが、その嘘は極めて効果的だった。エドワールは「君の言うことは信じられない。嘘ついてるだろ」とは決して言わなかったのだ。彼はファニーが作り話をしているなんて想像すらしていなかった。そう言えば、彼は私の書いた小説を一作も読んでいない、とファニーは思った。そして、バルベック賞のテーマが〈本当にあった話〉であることを思い出した。エドワールとの物語は今、帽子一つで幕を閉じた。そうだ、この話を書かないと。

フェリックス＝ロブリジョワ広場に面した小さなカフェのテーブルについてから、ファニーの筆はずっと休むことなく動いていた。バラ色のノートが丸文字——iの上の部分は小惑星の形——で次々に埋められていった。エドワールとの別れ、帽子をめぐる誤解、そして彼女の心に漂う感情、安らぎ、不安、寂しさ、懐かしさを語った。作品が終わりに近づくと、ファニーはこう記した。〈この帽子はもう私の役には立たないだろう。役割を終えたのだ。私の名前のイニシャルを刻んではいるが、もう街のどこかに置いておこうと決意した〉。帽子を置く？ ファニーはそうつぶやくと万年筆の端を何度か嚙んだ。ロマンティックな発想に思えた。列車に乗る前にパリのどこかに帽子を置けば、最後まで物語は本当の話になるし、ひょっとしたらこの小さな慈善が幸運をもたらしてくれるかもしれない。そんな思いを巡らし、彼女はふとノートから顔を上げた。ジプシーの女とその娘が自分の方に近づいてくるのが見えた。ファニーは二人に微笑み、それから顔をゆっくりと逸らせた。「なんにもいりません。私は占い師、あなたの未来を言い当てましょう」、束ねた栗色の髪に赤いスカーフを巻いたジプシーの女は言った。眉間にタトゥーがあり、唇の下には細いラインが一本入っている。「結構です、本当にいいから」、ファニーはもう一度笑みを浮かべて断ると、娘の方に視線を向けた。女の子はじっとファニーを不思議な目で見つめていた。「言い当ててあげますよ」、ジプシーの女は繰り返した。ファニーは頭を振りながら両手を引っこめた。すると女は浅黒いしわだらけの手を帽子の上にかざそうとした。その途端、女は帽子が熱を帯びていたかのように手を離した。「あなたのじゃないね、この帽子は」。女の目つきが変わり、怯えているようにさえ見えた。それから女は手をふわふわと帽子の上に漂わせた。「これは男の帽子だよ。それも相当に力のある男」、女は十字を切った。「おい、そこ、お客さんの邪魔すんなよ」、あごひげを生やしたウェイターが叫んだ。「いいんです、ほっといてください」ファニーは言った。「いやいや、ほっといちゃダメなんです。綺麗なお嬢さん、テラス席は私の担当ですし、こういうのが好きじゃないんでね」「その男って誰なんです？」ファニーはジプシーの女に尋ねた。「あなたの知っている人。みーんな知っているの」「そんなはずはないですよ。思い違いです。私だって知らないんだから」ファニーは答えた。「いやいや、知ってるよ」「じゃあ、その人の名前を言ってみてください」「金をくれたらね。二十フランでいい」「そんなとこに使う二十フランはないですよ」「じゃあ、十五フラン」「ごめんなさい」「お嬢さんから離れなさい！」ウェイターは猫を遠ざけるみたいに、ふきんをぶんぶん鳴らして近づくと、ジプシーの女は離れて行った。「あいつら、てきとうなことを言うんですよ。気づいたら、財布を取られてて。先週、実際にあったんです」、ウェイターは不満げに言った。ファニーは通りの角に消える二人の姿を見ていた。あなたの知っている人……バカバカしい。たまたま見つけた帽子の持ち主など知るわけがない。気が散ってはダメ、作品のラストにさしかかっているんだから。二年半に亘る物語のフィナーレ。もし私がバルベック賞を取ることができたなら、不幸な恋愛に与えられた最高のご褒美になるだろう。

それから一時間と十五分後、ファニーはもう公園では何も起きないかもしれないと思い始めていた。気づいた時には、バティニョール地区の向こうにあるクールセル大通り沿いのモンソー公園の鉄格子前にいて、公園の常連、と言っても基本的に子供と年寄りしかいなかったが、彼らとすれ違いながら園内に入っていた。真ん中の道に沿ってベンチが並んでいて、帽子をその上に置いてみよう、というアイディアが浮かんだ。ちょうど四つ目のベンチが空いていた。ファニーは帽子を置くと、何かが起きるのを見届けるためにさりげなく正面の位置を取った。彼女の動きを見ている者はなく、ただそこで待つだけで良かった。しかし誰も立ち止まらなかった。黒い帽子を一瞥する者さえいなかった。ファニーは自分の詩的な行為に自信を失い始めていた。要するに、あの帽子は私のものなのだ、イニシャルまで入っているんだから。物語の結末が事実かどうかなんて、よくよく考えてみれば、たいした問題ではないはず。彼女がそう思ってふたたび帽子を取ろうとちょうど立ち上がりかけた時、カナディアンコート（カナダの漁師や木こりの服をモデルにして作られた防寒着。大きな襟のボアが特徴で保温性に優れ、一九五〇年代フランスで流行）をまとってジーンズをはいたひげ面の男がベンチ前で立ち止まった。男はしばらくためらっているように見え、それからそのベンチに腰を下ろした。黒縁の丸メガネをかけ、きっと六十代に違いない。男は帽子に頭を近づけると、自己主張しない静かな動物でも見るかのように眺めた。そして、手を差し伸べて帽子に触れると、ひっくり返し、それから、奇妙にも、鼻に近づけた。数秒間、匂いを嗅いでいるように見えた。やがて笑みを浮かべ、腕時計を見、それから立ち上がり、帽子の方を振り返り、ふたたびためらい、そして、すばやく手を差し出すと、持ち去った。ファニーは目で男の姿を追った。男は帽子を頭には乗せずに手で持ったまま、公園の入り口付近で姿を消した。

ファニーは万年筆を取り出して書き留める。〈白髪交じりのひげの男が帽子を持ち去った。あの男はいったい何者なのか。私は決して知ることはないだろう〉。ファニーは大きな倦怠感に襲われた。たぶんこの瞬間、エドワールと別れたことを心から実感したのだ。しばらくの間、眩暈がし、彼女にはもうその続きを書き留める力が残っていなかった。ベンチから立ち上がると、帽子を持ち去った男と同じ道をたどった。鉄柵を過ぎ、歩道で立ち止まる。「これは男の帽子だよ。それも相当に力のある男」、ジプシーの女は十字を切りながらそう言った。「あなたの知っている人。みーんな知っているの」。ファニーはキオスクに大きく貼り出された『ヌーヴェル・オブセルヴァトゥール』(時事問題を扱う五大週刊誌の一つ)の広告に釘付けになった。首に赤いマフラーを巻き、暗い色のコートをまとい、頭に黒いフェルト帽をかぶったフランソワ・ミッテランが表紙を飾っていた。大統領は茶目っ気たっぷりにカメラレンズを見つめているはずだったが、ファニーには大統領が見ているのはまぎれもなく自分である、というようにしか思えなかった。

シシリアンレモン、ベルガモット、マンダリン・グリーン、タンジェリン、サイプレス、バジル、セイヨウネズ、クミン、サンダルウッド、ホワイトムスク、イランイラン、パチョリ、アンバー、そして、バニラ。アニック・グタールの一九八一年の作品〈オーダドリアン〉、ピエール・アスランはそう分析した。しかしこの帽子にはごく最近になってついた別の香りがあった。ベルガモット、ローズ・ジャスミン、オポポナックス、バニラ、アイリス、クマリン。ピエールは二つ目の香水の原料を完璧にそらんじることができた。神秘の香水〈ソルスティス〉。調香師ピエール・アスランの作品。

彼がどうして帽子を拾ったのかを説明するのは難しい。ときおり自分自身を深い混乱に陥れる不可解な行動の理由を考えなくなってから、もうずいぶんになる。ピエールはふたたび鼻孔に帽子を当てた。二つの香水、男性用の〈オーダドリアン〉と女性用の〈ソルスティス〉。〈オーダドリアン〉はフェルトの繊維にまで深く染み込み、〈ソルスティス〉の方は最近置き替わったばかりだった。ピエール・アスランは八年前から新しい香水を作っていなかった。モンソー公園にいたのもたまたまというわけではない。彼は週に一度、主治医の精神科医フルメンベールのところで診察を受ける前に、十五分ほど公園内を一人で散歩するのが習慣になっていた。ピエールは五年前からその診察に毎回六百フランの大金をはたいていたが、改善はほとんど見られていない。十分もしないうちにとても静かな診察が始まる。フルメンベールはほとんど何も話さない徹底したフロイト主義者でアタンシオン・フロタント（患者の話をまんべんなく傾聴する方法）の実践者だった。それは傾聴テクニックのことだったが、患者からすると、ただ医者がうわの空か、寝てさえいるんじゃないかと思われた。

診察は十分前から始まっていた。ピエールはナポレオン三世様式のグリーンのベルベット張りのソファに横になり、いつものように窓の左側のニッチ（飾り棚として使われる壁の窪み）にあるアフリカの置き物をじっと見ていた。暗い木彫り像は顔の伸びた男を表現し、ムンクの『叫び』に似ていた。身体は異常なほど小さく、立ち上がった性器が際立っていた。スポットライトがニッチの壁に影を作り、木彫り像を大きく見せていた。フルメンベールは原始美術の愛好家で木彫り像や呪物、杖の類を集めていた。部屋には太古から伝わる不気味で魔術的な儀式を執り行う小部族の木彫り像が十以上あり、それらはよく磨かれた鉄やプレクシグラス製の現代風台座の上にトロフィーのように飾られていた。ピエールはこれらの置き物をその背景とは無関係にいつもおぞましく感じていた。置き物そのものに対してというよりは、レンブラント通りに面した上流階級のオスマン風（十九世紀半ば、オスマンが取り組んだパリ改造計画時の建築様式）アパルトマンで、こんなものが飾ってあるという事実にぞっとするのだ。それらは苦しんでいるように見え、そのために無数の呪いを運んで来てしまっているようだった。ピエールの息子エリックは、スケボーやTOPチャート50にしか関心がなく、これらを見たらきっと〈ヤバイ《フリッパン》〉としか思わないだろう。フルメンベールが短い咳ばらいをしてからふたたび沈黙に入った時、息子が正しいのかもしれない、とピエールは考えた。

まるで活気のないこの診察に通い始めた頃、ピエールは自分の思いを打ち明けようと努力していたことがあった。話すために通っているんじゃない？……話しなさい、悩んでいることを話すのよ、妻は言った。ピエールは話した。うまくいかない香水作りの話、はっきり定義できない〈ノート〉（香りの変化を表すもの）について、とくにピエールが〈天使のわけまえ〉にならって〈天使のノート〉と呼んでいるものについて話をした。〈天使のわけまえ〉とはまだ誰も栓を開けていないにもかかわらず、ワインやコニャックの古いボトルからコルクを通じて、時には蠟《ろう》を通じて、蒸発していく数デシリットルのことを指し、〈天使のノート〉とは、ピエールによれば、構成要素になっていないにもかかわらず、香水を嗅ぎながらそれと認めることができるもので、その成分はどこにも表示されていない。つまり、そこにないにもかかわらず、確かに存在している香りのこと……部屋の静けさがピエールの打ち明け話を飲み込んだ。彼は自分の仕事の話が関心を持たれなかったことにがっかりし、今度は別の視点でアプローチを試みた。テーマは夫婦生活について。彼は妻のエステール・ケルヴィックを想いながら話し始めた。彼女はバッハの演奏で知られる有名なピアニストで、リサイタルからリサイタルへと世界中を周っている。彼女の顔や緑の目は専門誌の枠を超えて雑誌に掲載された。『エル』『ヴォーグ』『マダム・フィガロ』『ヴァニティ・フェア』、加えて、ハーブ・リッツによって撮影された鍵盤に手を添えるエステールの姿は『エゴイスト』に掲載された。ピエールがこの話をした時も同じようなべとついた沈黙が流れた。翌週の診察時には、子供時代にフランスのミディ地方に祖父が所有していた農園の野菜畑の匂いについて話をしてみた。トマトの葉をこすると漂うコショウの匂い、柔らかで魅力的なミントの香りについて語ってみたが、こちらもドクターの関心はさっぱりだった。息子エリックの将来についての不安を打ち明けた時も、同じく反応はなかった。

三か月半の間、ピエールはドクターの声を聞いていない。ドクターは握手をして患者を迎えると、あとは無言でうなずくばかりで、発語はなく、こんにちはも、こんばんはの挨拶もなかった。診察の終わりに、五百フラン札と百フラン札を渡すと、フルメンベールは眉間に小さな厳しい皺を作り、あたかも悲痛な儀式か何かのように金を受け取った。ある日、ピエールがしぶしぶ診察に行き、気難しい表情でソファに横になりながら「最初に伝えておきますが、昨夜、ほとんど眠れなかったんですよ」と言うと診察室の沈黙が破られた。「ひょっとして夢ですか……?」フルメンベールは低い声で言った。この言葉は「デザートは?」と客に尋ねる、一瞬で客に決断を促すオーラを持つレストランの支配人を想わせた。

ピエールは寝ている最中に気分の悪くなった、妻のピアノから這い出てきた食虫植物の夢について語った。それはアパルトマン中を這いまわり、やがて調香オルガン台にまで達した。茎や葉がありとあらゆる貴重な香料瓶にぶつかり、その一つが床に落ちて砕けた。しかし何の匂いもしなかった。彼は破片を拾い、鼻先に当てるが匂いはまったくしない。オルガン台に置いてあるすべての香料瓶の蓋を開けてみるが、中には水しか入っていなかった。やがて食虫植物が血を流し、床の上でしなび始めた。ピエールはとてつもない不安に襲われた。この植物を救わなきゃ、早くしなくてはアパルトマンが火の海になってしまう。彼は作業室のドアの向こうでパチパチいう炎の音を聞き、目を覚ました。夢の説明を終えると、ピエールはドクターを見た。ドクターはモン・ブランの万年筆マイスターシュテックで手帳にメモを書き終えるところだった。表情は晴れやかで口元に笑みさえ浮かべていた。ずっと前からピエールはこれほど人を喜ばせたことはなかった。その感覚は夜まで続いた。「ほらね、フルメンベールは違うのよ、皆、言ってるわ。大物なのよ」、エステールは言った。「そうだね、今夜はそうだった」、ピエールは快活に答えた。

数週間後、長い沈黙の診察が再開された。ピエールはしばらく夢を見ていなかった。ドクターをがっかりさせてしまう、彼は罪悪感すら覚えた。ソファに横になると、背後に自分を非難するドクターの存在を感じた。こうして振り出しに戻ると、よりいっそうひどい混乱に陥った。〈失望させる《デスヴォワール》〉という単語はフランス語の中でも最悪の動詞で、ピエールは自分の存在そのものがこの動詞の具現化された姿だと思い込んだ。フランス香水界の希望の星と言われたピエールは、十九から四十四歳になるまでの間、わき目も振らずまっしぐらに突き進んでいた。見習い期間から三年も経たないうちに、彼は〈調香師〉と認められ、研究室の同僚たちはピエールのブレンディングの大胆さや、香りに関する百科事典並みの博識に圧倒されていた。一万以上の香水を嗅ぎ分けるだけでなく、香りを名指す彼独自のエスペラントと言える造語まで作っていた。ケラカックは湿った木が燃えた時の匂いを指し、ヴァルヴィヌは陽の光で熱くなった石灰岩の匂い、ペルガスは夕暮れ時の海辺に打ち上げられた海藻の匂い……しかし、彼は七つの香水を発表した後、想像力が枯渇した。彼は大きな期待を寄せていた人々を失望させた。彼に投資していた人々は〈ソルスティス〉〈アルバ〉〈シェラッツ〉の創作者にもはや〈才能〉を見いだせず、失望した。そして、エステールは家の寝室とリビングの間をさまよう幽霊に変わり果てた夫に失望した。とりわけピエールは自分自身に失望した。彼が試香紙《ムエット》に鼻先を近づけるだけで巨額のお金を支払っていた香水ブランドメーカーは、彼の不調を一時的な危機に過ぎず、必ず戻ってくれるだろうと考えていたが、そうはならなかった。八年もの間、ピエールは何も作れず、もうかつてのような幻想を抱く者もいなくなっていた。彼は昔の彼ではなく、もはや存在すらしなかった。

時々、ピエールはドクターとの良好な関係を維持するために夢をでっちあげた。診察前夜に夢の記憶はなかったが、ドクターに効きそうな可笑しな話を見つけて話をした。最近の話で一番響いたのは、薄紫色のコウモリの話だった。コウモリは洞窟の中を飛び交うと、中に腐ったバラの花びらがいっぱいつまったジュートの布袋に頭からぶつかった。ドクターはその夢を褒めてくれた。滅多にあることではなかったが、ピエールはつかの間、自分がドクターに平手打ちを食らわせたり、あるいは、ドクターが大切にしている卑猥な木彫り像で彼をぶん殴っている幻影を目にすることがあった。しかし今はソファに横になってから何も思い浮かばなかった。太ももの上に帽子を置き、ゆっくりとそれを撫でながら時間をやり過ごしていた。フェルトを指で繰り返し撫でていると、アラジンが真鍮の魔法のランプをこすって願いを叶える守り神を呼び出すように、子供時代の景色が蘇った。ひょっとすると公園で見つけたこのフェルト帽の話をすれば、ドクターの関心を引いたかもしれない。しかしピエールはそれを話さないことに決めた。

帰り道、ピエール・アスランはベンチ前を通り過ぎながら迷った。帽子を元の場所に返すべきじゃないだろうか。持ち主がまだそこにあると思って戻って来るかもしれない。すると乳母車を押した若い女性がベンチ前に立ちどまり、赤ん坊が寝ているのを確認してから腰を下ろした。そしてジョーン・コリンズの〈キッチュ〉な写真が表紙を飾る『テレポッシュ』（テレビ情報誌）をめくった。ベンチに近づくのが難しくなってしまった。面倒に思われるくらいならまだしも変質者に間違われるかもしれない。果たしてフェルト帽をベンチに置いて無事にその場を離れられるだろうか。女性はベビーシッターだろう。外国人の可能性も高い。一時間前に拾った帽子を元のベンチに返そうと思って戻ってきた、と説明するにはややハードルが高い。いいや、絶対無理だろう。少なくともしばらくは自分で持っておいた方がいい。ピエールはふたたび帽子の内側に刻まれた金の二文字を見ながらFMラジオを思い出し――このおかしな連想はドクターの気に入るかもしれない――、それから頭に帽子を乗せて、親指と人差し指でその縁をゆっくりとなぞった。柔らかい指の腹が厚みのあるフェルトを滑っていくと、久しぶりに想像力の翼が広がった。

ピエール・アスランは人生で初めて手に入れた帽子のことを思い出しながらその場をあとにした。一九六七年、〈ハロッズ〉で購入した縁の短いグレーのフェルト帽。この帽子を巡っては、俳優トニー・カーティス（アメリカの映画俳優。主な出演作に『お熱いのがお好き』『スパルタカス』など）とのちょっとしたやり取りがあった。トニー・カーティスがその帽子を他の帽子の合間に戻すと、ピエールがさっと手に取って頭の上に乗せた。トニーは「買おうとしてたんだが」と文句を言った。ピエールも譲らなかった。「この帽子は棚に置いてあったんです。もし買うつもりなら、手で持っていたんじゃないですか」。売り場の担当者が不安げな様子で、二人の小競り合いを眺めていた。担当者はしきりにスター俳優に謝っていたが、どうやって事態を収束すれば良いのかわからないでいた。その帽子は店にたった一点しか置いていなかったのだ。しかし、二人のうち、どっちがよりその帽子が似合うかを決めようと、鏡の前に順番に立った時、もめごとは笑いへと変わった。「間違いなくあなただ！（It's you, definitely!）」スター俳優は大らかにそう言うと帽子を譲った。借りを作りたくなかったピエールは〈香水と化粧品（Scent and beauty）〉コーナーに急いで向かい、俳優に一番似合いそうな香水をその場で購入してプレゼントした。「フランスのことわざにもあるように（As the saying goes in French）、これで貸し借りなし」、ピエールは帽子を上げて別れの挨拶をした。その数年後、彼はロスアンゼルスで開かれたあるガラ公演で、トニー・カーティスに再会した。「帽子をお忘れですね、調香師さん……（You've forgotten your hat, mister the nose...）」、うしろから声がした。二人は〈ハロッズ〉での出来事を懐かしく思い出した。その頃、ピエール・アスランは社交界へ頻繁に出入りし、多くの写真がそのことを物語っていた。彼はボタンホールにバラのつぼみを挿したスモーキングをまとい、エステールはロングドレスを着ていた。あの頃のエレガントさはいったいどこに行ってしまったのだろう。今はかけらも残っていない。六年前からひげを伸ばし続け、三か月ごとに手入れをしていた。チャコールグレーのパーフェクトなスーツの代わりに、公園の庭師たちも着たがらないような、すり切れたボロのカナディアンコートばかり身にまとっていた。鬱《うつ》症状がとくにひどい時、彼は洋服を整理することに決め、その決心をすぐに実行に移した。救世軍でコート、ジャケット、帽子など、洋服一式を処分した。着古されたものもあったが、その他のものはまだ十分に着られるものだった。ピエールが残しておきたい唯一のものがあるとすれば、それは〈トニー・カーティスの帽子〉だった。しかし彼はその大事な帽子を数年前に飛行機の中に置き忘れてしまったのだ。

ひげとは合わないんじゃない。夜中の三時に、彼はナイトテーブルの上のメガネをかけると、エステールを起こさないようにこっそりベッドから出た。フルメンベール先生の診察から戻った時、エステールはバッハの『トッカータ ハ短調』第一楽章の一節を繰り返し弾いていた。ピエールはスタインウェイの音色に導かれながら室内に入っていった。リビングのドアを開けると、髪を頭の上に束ね、鍵盤に没頭している妻の後ろ姿が目に入った。四つか五つの音符《ノート》だけで構成されたかのようなバッハの一楽節が繰り返され、はた目には同じ音にしか聞こえなかったが、彼女にはしっくりいかなかったようだ。タッチのせいなのか、長さのせいなのか、たぶん百万分の一秒の誤差が満足させないのだろう。二人の職業は完璧さを求められるという点でよく似ていた。細かな描写が深淵で蠢《うごめ》き、それを乗り越えることでしか心の安らぎはえられなかった。一楽節の反復練習は数分で終わることも、午後の間ずっと続くこともあった。一つの香水は数週間でできることもあれば、数か月、数年間の研究の果てにようやく見つけられることもある。例えば〈シャリマール〉の調合は偶然にできたものだった。ジャック・ゲランは試作の時、〈ジッキー〉（一八八九年に発表されたエメ・ゲランによる伝説の名香）にバニラの合成香料を数滴たらして〈シャリマール〉（一九二五年のアールデコ展にて発表）を生み出していた。パトゥの〈一〇〇〇《ミル》〉（一九七二年に発表されたジャン・パトゥの名作）は数年の期間を要して千回以上の試作を行った末にできたもので名前の由来にもなっている。エステールも必要があれば同じ一小節を千回でも弾くだろう。ピエールは彼女の邪魔をしないよう引き返そうとしたが、よせ木張りの床をきしませてしまった。彼女は振り返って言った。「びっくりさせないで……その帽子はどうしたの？」「黒い帽子だよ」ピエールは答えた。「見ればわかるわ。どこで買ったの？」「クールセル大通り沿いの小さな古着屋」「女性ものしか置いてないと思ってたわ」「僕もだよ。でもショーウィンドウに預け物として飾られていたんだ」、ピエールはすぐに気をまわして答えた。道で拾った帽子までかぶるとなれば、我慢の限界を超えてしまうだろう。彼女はもうすでに古びたカナディアンコートやすり切れたジルボージーンズに不満なのだから、〈ブランドとあなた《デ・マルク・エ・ヴ》〉というその店はフルメンベールのところに行く途中にあるので、ある日、ショーウィンドウに飾ってあった男ものの帽子を見せてもらうために店に入った、というシナリオは十分にありそうな話だったのだ。「帽子なんて久しぶりね」、エステールはしげしげと彼を眺めた。「いいんじゃない、いいわよ、その帽子……だけど（彼女は首を傾げ、眉をひそめる）、ひげとは合わないんじゃない。なんか、あれみたい……」「あれって？」「変な感じ」。ピエールは暖炉の上の鏡を見るが、それがどんな感じなのかわからない。エステールはふたたびバッハの曲に戻り、それからフルメンベールの診察はどうだったかと聞いた。「良かったよ」、ピエールはそれ以上の説明はしなかった。その瞬間、ピエールは自分がこれからずっと暖炉に肘をつき、帽子を頭にかぶったまま、バッハを演奏する鏡の中の妻の姿をじっと見つめながら一生を過ごせるように感じた。同じ一小節の反復演奏は永遠に続きそうで、心を安らかにさせた。すべては同じシークエンスの繰り返しで休むことなくまた始まり、人生は終わりのない完璧な輪となって永久にめぐりめぐるだろう。

ひげとは合わないんじゃない。月明かりがリビングのカーテンを通して浸み込んでいた。ピエールはあやうく低いテーブルにぶつかりそうになりながらも、黒いソファの塊が暗闇の中で案内役になってくれた。リビングを抜けて廊下を通り、息子の部屋の前を過ぎて浴室のドアを開けると中に閉じ籠った。蛍光灯の明かりがしばし瞬き、やがて安定する。ピエールは苦痛の表情で両目を閉じると、電気のスイッチを消した。ロウソク。納戸にロウソクがあったはずだ。網膜に焼きついた蛍光灯の残像がまだ目に眩く、彼はふたたび浴室から出ると、壁伝いに納戸へ向かった。ロウソクは停電用にＢＩＣのライターと一緒に段ボールの中に置かれていた。ピエールは洗面台の上にロウソクを一本置いて火を灯した。ほら、ずっといい。それから二本目、三本目と火を灯した。引き出しを開き、小さな金バサミを取り出して鏡に近づくと、親指と人差し指でほおをつまんだ。黒と灰色の毛が細い雨となって洗面台へ落ちていった。二十分は経っただろう、五日ぶんのひげの長さしかなくなったところで、ピエールは蛇口を開き、顔の下半分に湯をかけた。それからひげ剃りブラシを熱湯で濡らすと、石鹸《せっけん》と一緒に円を描きながらかき混ぜた。白い泡の密度が濃くなってクリーム状にまでなると顔全体に塗り始めた。ほお、あご、口、首と順番に。それから親指で口の上をひと息に拭くと唇が現れた。彼は刃先をちょうどほおひげの始まるところ、耳の半分のところに当て、息を止め、首の根元にまで滑らせた。ひげの下に隠れていたきれいで滑らかな皮膚が現れた。黒と灰色の入り混じった泡が排水管のトラップの中に吸い込まれていく。ピエールは蒸気で曇った鏡を拭き、左側のほお、次いで右側のほお、首、口ひげ、そして下唇の下の部分を空気で膨らませながら仕上げのあごに取り掛かった。顔には泡の細かな白い跡が残っていた。彼は熱湯に濡らしたタオルを手にして、顔をしばらく覆った。目を閉じて、湿った温かい蒸気を感じながら数分を過ごし、やがてゆっくりタオルを外すと自分の姿を見つめた。ずいぶん前から会っていなかった友人に、道で偶然再会したかのように、鏡は見覚えのある顔を映し出していた。鏡の中の男はピエール・アスランに似ていた。

陽光がドクターの診察室に射し込み、白い壁にかけてある古いマスクの表面を輝かせていた。ひげを剃ったんです。ひげを剃って、帽子もかぶりました、ピエールは言った。いつものように沈黙が言葉を飲み込んだ。もし私がオポポナックスの滴を加えなかったら、〈ソルスティス〉はまったく違うものになったでしょう。もし私がこの帽子を見つけなかったなら、ひげを剃ることはなかったでしょう、彼ははっきりとした声で加えた。彼には強烈な力のある論理に思えた。たった数行で全宇宙の真理を説明しきってしまうような、単純明快な数理。エステールは頷きながら、つるっとしたピエールの顔を見て笑い、涙を流した。「なんで泣くんだい?」ピエールは彼女を腕に抱きよせながら聞いた。「何でもないの。ただ嬉しくて。ようやく、ちょっとだけあなたに会えた感じ」、彼女は鼻をすすった。

エステールは数日後、連続公演のためにニューヨークへ出発し、息子は友達とレザルク（フランス南東部イタリア国境近くの町）へスキーをしに家を空けた。ピエールは年末の数日間一人きりだった。エステールは子供に諭すように、夫にいくつかの注文をしていた。ちゃんと朝起きるようにしなさいね――彼はいつも午後の一時頃にようやく起き出し、部屋着のままイヴ・ムルジとマリー＝ロール・オグリのニュース番組（二人のジャーナリストによるアドリブ要素の強いエンターテインメント的なニュース番組『13H』）を見ながらコーヒーを飲むのが習慣だった――好きな料理を作ってもらうように、遠慮しないでちゃんとマリアに頼むのよ。旬のポトフも良いわ。フルメンベールの診察は金曜日だから忘れないでね。エステールがコンサートへ出るたびに、ヴィリエ通りの立派なアパルトマンは静まりかえったが、今回は彼女だけでなく、息子のエリックもいなかった。と言って、息子と共通の話題なんてなかったのだが。五十二歳の男が十五歳の少年に向けて話すことなんてそもそもそんなになかったし、その逆もまたしかりなのだ。数年もすれば、二人はいろんなことを話し始めて、意見交換もするようになるのかもしれないが、さしあたってエリックは親に対し、思春期特有のだんまりを決め込んでいた。親たちは一度も会ったことのない未知の友人たちと息子が、笑ってはしゃぐ姿をただ想像するしかなかった。

家政婦が十は若く見えると言います、ピエールは沈黙のソファで言った。「つまり四十二歳に見える、ということで、ひげを生やしていた方が年相応には見えるんですね……逆に言えば、ひげを生やすと六十に見えるということかもしれませんが」「そうだね、私もそれくらいの年かと思っていたよ」、フルメンベールは言った。ドクターはめったに声を出さなかったので、彼の言葉を聞くたびにピエールの心臓の鼓動は高鳴った。そして血圧が落ち着いてからドクターの方を向いた。「六十に見えますか？」ピエールはたんたんと聞いた。フルメンベールはピエールが目を逸らすまでじっと彼を見つめた。それから二人は診療が終わるまでひと言も言葉を交わさなかった。

日中一人きりの間、ピエールは回復期にある病人のリズムで時を過ごしていた。午前十時頃に起きて、念入りにひげを剃ると、やがてイヴ・ムルジのニュースの時間となり、マリアが準備してくれた昼食を取る。日中は雑誌を読み、近所を散歩した。散歩の目的はいろいろで、テレビのリモコンの電池の購入だったり、交換の必要な電球や靴のインソールを買うためだったりした。レヴィ通りの薬局〈ルノヴェックス〉の女店長はピエールを見つけると、顔色の良さを伝え、それから「よく剃ったわね、それに帽子がとってもエレガント」と加えた。ピエールは予期せぬ褒め言葉から、自分が新たに他人の視線の中で存在するような気がした。ピエール・アスランはもはや誰からも声をかけられない透明人間ではなかった。この小さな変化は帽子を新たにかぶり始めた時から起きていた。全盛期の頃に愛用したアクセサリーをふたたび手にすることで、あたかも、かつてのピエール・アスランが絶望の淵にある男に目くばせしたかのようなのだ。このフェルト帽は長いことピエールが所有していた唯一のものであり、帽子が彼を選んだのでない限り、彼が選んだ唯一のものだった。帽子はベンチの上に置かれ、誰に持っていかれてもおかしくない状況にあった。そもそもいったいどれくらい前からあそこにあったんだろうか。たとえフェルト帽の持ち主が誰であれ、謎めいたF. M.が誰であるかが永遠に分からなかったとしても、とにかく、今、それは彼のものなのだ。

帽子の登場により彼の身なりに起きた二つ目の変化は、ボロのカナディアンコートを捨てたことだった。ある日曜日、テレビドラマ『私立探偵マグナム』のエピソード——ピエールは自分が夢中になって観ていたことに驚いた——を一つ観終えた後、公園に散歩に行くことにした。金曜日の診療前にだけ公園に行くというお決まりのスケジュールに反するものだった。公園は乾燥した寒さに覆われ、今にも雪が降りそうだった。イヴ・ムルジも月曜日あたりに雪が降るだろうと予想していた。ピエールはポケットに手を入れ、頭に帽子を乗せて、ひと気のない公園を散歩した。すれ違うのは、ジョギングする人たちだけだった。彼らは顔を赤く紅潮させ、あごをひきしめ、ウォークマンを聴いている。ピエールがスケート場の前を通り過ぎると、やんちゃな子供たちが手すりを摑みながら転倒しないように追いかけっこをしていた。ちょうどその時、彼は木の燃えるケラカックの匂いを感じ、導かれるように立ち入り禁止地域に足を踏み入れた。煙がやぶの後ろに立ち上っていた。

ピエールが近づくと、一人の庭師の男が熊手で枯れ葉と枯れ木をかきながら燃やしていた。庭師が彼の方を見た。「入って来ちゃ、まずいんですがね」、男は言った。「すいません。木が燃える匂いがしたもので」「あんたも好きなんですか。だったらいいですよ、いてください。今日も明日も、誰も来やしませんから。雪ですよ」「降りますかね？」ピエールがそう言うと、庭師は頷いて背中の下の方を手で押しながら「感じるんですよ、ここが一番のバロメーターですから」。男は熊手で枯れ枝をかき集めると火の中に突っ込んだ。二人の男はパチパチいう音を聞きながら、渦巻き状に立ち上る白い煙の前でじっと動かずにいた。「聞いていいですか」ピエールは言った。「なんなりと」「この火の中にコートを入れたいんです」「なんですって？」「コートは燃やせますかね」「どうして燃やしたいの」「必要だからです」。ピエールは五十フランで交渉を終え、ポケットを空にし、カナディアンコートを枯れ枝の上に置いた。灰になるまで薪の山の上で亡骸を燃やすヒンドゥー教の儀式を思い出した。煙がコートを包み込むとすぐに火の勢いは増し、コートの生地に火が燃え移って中央で火柱が上がった。庭師の男は大量の枯れ葉をすくう間に風変わりな訪問客を目の端で追った。ピエールは帽子を脱いで膝のあたりに両手で持ちながら、冬を六回越したカナディアンコートを燃やす炎を一心に見つめていた。

家に戻ると、彼は寝室のクローゼットを開いて、イヴ・サンローランの黒いスーツを探したが、見つからなかった——救世軍で他のものと一緒にあげてしまったに違いない。別のスーツに手をかけた。大掃除の時にも生き残ったチャコールグレーのランバン。きっとエステールが何も言わずに残しておいたのだろう。何年も袖を通していない白のシャツが上の方にしまってあった。タンスの引き出しから、金とパールのカフスボタンを取り出し、ピエールは服を脱ぎ、ジーンズを丸めてベルベットのソファの上に放り投げ、スーツのパンタロンに足を通し、シャツ、そしてジャケットを着た。カフスボタンをつけるのに少し手間取った。クローゼットの全身鏡をじっと見る。ひげは剃られ、黒っぽい服に白いシャツ。スーツは少しきつかったが、気にするほどではない。クローゼットの扉を閉め、室内を抜けるとピエール・アスランはフェルト帽子をかぶってふたたび外に出た。

果たしてできるだろうか。もう何年もあのトレーニングをしていなかった。最後は一九八二年の春のこと、ピエールはチュイルリー公園の入り口からカルーゼル広場の凱旋門まで、すなわち公園の西から東を横断しながらそれを実践していた。ルーヴル美術館の前に到着すると、数年後にガラスと鉄のピラミッドができる小さな広場のベンチに座った。もうダメだ、四分の一以上も当たらなかった、当時の彼はそう思った。今、行おうとしている挑戦はまったく予想がつかないが、チャレンジする勇気は湧いていた。道で通り過ぎる男女すべての香水を見極める。ピエールは大きく深呼吸をしてから目を閉じた。そして催眠術にかけられた人が現実に連れ戻される時のように、カウントダウンした。五、四、三、二……一、ピエールは指を鳴らし、目を開き、帽子の縁に指を滑らせ、真っすぐに歩き始めた。このトレーニングでは立ち止まったり、振り返ったりすることが禁じられている。栗色の髪の女性が歩いて来た。黒いスーツを着て、ブラントカットにエマニュエルカーンのメガネをかけていた。女は彼の近くまで来ると通り過ぎた。一秒、二秒、彼女の動きに合わせて風がそよぎ、ピエールを包みこむ。〈フィジー〉、彼は小さくつぶやいた。続いて、歩調は少しも変えずに、アタッシュケースの男が側を通過するのを待った。男はグレーの格子縞のスーツを着て、うなじのところで髪を束ねている。セオリー通り二秒を数え、それから嗅覚が反応した。男性用〈パコラバンヌ〉。今度は三十代くらいの三人の女性グループが近づいて来た。自分で決めたルールでは、立ち止まっても振り返ってもいけないが、行く手をさえぎるのはOKだった。あ、すいません！　ピエールは自分が横切る時間をわざと作りながら言った。セミロングの栗色の髪の女（ヴァンクリーフ&アーペルの〈ファースト〉）に触れた。次いで、長いブロンドのポニーテール（〈レールデュタン〉）がピエールの上着をかすめた。そして三人目を通り越した時、ブロンドのショートカットの背の低い女（〈オー・デロシャス〉）は小声で言った。この人、おかしいわよ。三連勝だ、彼がそう思っていると、間を置かずにジーンズをはいた赤いベレー帽の若い女性が急ぎ足で歩いてきた。〈プワゾン〉。コーデュロイのパンタロンにスエードのジャケットを着た男は歩きながらメガネを拭き、ピエールの前を斜めに横切った。香水なし。メンソール入りスイカズラエキスのアフターシェーブローションをつけた後、ブロンドタバコの匂いが混じっていた。続いてピエールが赤信号で止まると、その場で走り続けながらリズムをキープしているジョガーが横にいた。汗の匂いに混じって〈オーソバージュ〉の香りがある。大通りを渡ると、旅行者と思われる五十代のカップルが地図で場所を確認している。女からは〈シャリマール〉、男からは整髪料スプレー〈エルネット〉。男は髪のセッティングに妻のスプレーを拝借したのだろう、とピエールは結論づけたが、拘泥している間もなく、グレーのパンタロンスーツを着た三つ編みの若い女性とすれ違うと〈アルページュ〉の香り、次いで青い目のブロンドの若い娘からは〈ハバニタ〉。そしてまた〈プワゾン〉、別のところから〈レールデュタン〉、二人の〈ソルスティス〉、それから男性用〈ラコステ〉、モンタナによる〈モンタナ〉、モリニューの〈クォーツ〉、〈アナイス・アナイス〉、キャロンの〈ポワーヴル〉、〈サンローラン・リヴゴーシュ〉、ランコムの〈シッキム〉、〈ジョイ〉、そして意外にもコリス・サロムの〈エピローグ〉。

サン＝トーギュスタン広場に到着すると、ベンチに座り、メガネを取って帽子を脱いだ。頭がくらくらしていた。成功だった。カフェのウェイターがテラスを離れて、ピエールに近づいた。「大丈夫ですか？」「ギ・ラロッシュの〈ドラッカー・ノワール〉」、ピエールは返事した。雪が降り始めていた。最初はまばらな雪片から始まり、やがて強い突風が吹き始めた。ピエールは身体を濡らしたまま家に帰った。帽子は白い粉状の雪で覆われていた。彼は雪の結晶を落とそうと軽く払って、それからリビングのラジエーターの上に置いた。

一九八二年四月十八日、ピエール・アスランは試香紙《ムエット》を置き、最後となる五つの香水瓶の蓋を締めると調香オルガン台の元あった場所にそれらをしまった。部屋を出て、鍵をかけ、タンスの一番上の引き出しに鍵を放り入れた。そしてボウモア1967を浴びるほど飲んだ。すべては終わった。二十年の創作活動の終わりが象徴的に表れていた。以降、誰もその鍵に触れようとはしなかった。ドアはもう開けてはならず、〈作業室〉は封印されたのだ。どんな理由であっても開けられることはなかった――たとえ掃除機をかけるためであっても。四年と八か月、ドアは完全に閉ざされていた。部屋は才能の墓場となり、青ひげの部屋（シャルル・ペローの童話に登場する誰も開けてはならない禁じられた場所）のようであり、調香オルガン台が深い眠りについていた。ピエールは自分で半円形の調香オルガン台のデザインをしていた。いろんな高さの棚があり、エッセンスの入った香料瓶が三百近く並んでいた。サン＝タントワーヌ地区の家具職人が貴重な木材を使って、完成までに一年半かかった。彫刻家が調香オルガン台のシンボルとして、海の精セイレーンの姿を彫ってくれた。下半身に魚の尾ひれがついたギリシャ神話のミューズ。左手を胸の辺りに当て、右手で三つ叉に分かれた試香紙《ムエット》を冠のように頭上にかざしている。彼の香水のロゴとなったセイレーンは封筒を閉じる蠟や便箋にも使われた。

ピエール・アスランは十二月三十一日を一人で過ごした。エステールとエリックからは早い時間に電話があった。一九八六年の最後の時間、彼はテレビの前で過ごしていた。テレビでは今年一年でフランス人の記憶に残った事件を振り返っていた。一月、ティエリー・サビーヌとダニエル・バラヴォワーヌがパリ・ダカールラリーで亡くなった。スペースシャトル〈チャレンジャー〉は発射数分後に空中分解。その光景は生放送で中継された。三月、ジャック・シラクが首相に就任、フランス政治史上初の保革共存政府《コアビタシオン》が成立する。そして、シャンゼリゼ大通りのポワン・ショーのギャラリーで爆弾テロが起こり、二名の死者と二十九名の負傷者を出した。四月、チェルノブイリ原子力発電所の原子炉が爆発。フランスは高気圧によって放射性の雲から逃れた。六月、コリューシュ（フランスの人気お笑い芸人。極貧者への無料配食事業を起こしたことで知られる）が南フランスの小道でバイク事故死。九月、あい次ぐテロ事件がフランスを悲しみに沈めた。パリ市役所、シャンゼリゼ大通りのパブ・ルノー、シテ島のパリ警察署、レンヌ通り。十一月、テロ集団アクション・ディレクトがルノー自動車社長ジョルジュ・ベスを自宅前で至近距離から暗殺。同月、ティエリ・ル・リュロン（フランスの人気お笑い芸人。政治家や芸能人のものまねで有名）が死亡。そして十二月三十一日現在、レバノンで人質となっているフランス人、マルセル・カルトン、マルセル・フォンテーヌ、ジャン＝ポール・コフマン、ジャン＝ルイ・ノルマンダンは未だに解放されていない。

ピエールはフランス軍高級士官が好むシャンパーニュ、カナール・デュシェーヌ・ブリュットを大きな音を鳴らして開けた後、首の長いシャンパーニュグラスに注いだ。そしてテレビに向かって差し出すと、エステールが眉間に皺をよせながら嫌がる、いつもの騎馬隊のスローガンを叫んだ。「我々の女たちのために、我々の馬たちのために、そしてその上に乗っかる人たちのために！」　彼が炭酸のはじけるシャンパーニュを飲み込むと、テレビ画面には真っ暗な夜にライトアップされたエリゼ宮の中庭が映し出された。クラシック音楽を背景に〈共和国大統領、フランソワ・ミッテラン新年の挨拶〉というテロップが黄色い文字で現れ、それからイメージがオーバーラップして消えていき、代わりにエリゼ宮の金の装飾が施された机の前に座る大統領の姿が現れた。奥にはフランスの国旗、前面には極めて美しい金のインクスタンドがある。「親愛なる国民の皆さん、今回で六回目となる、皆さんに新年の挨拶を伝えられるこの由緒ある機会に感謝いたします――この時、カメラが大統領の方へゆっくりとズームしていく――そして、国民の名において、苦しみの中に生きている人々に友愛の気持ちを示します。貧困、失業、病気、孤独、あるいは、長い間不安にさいなまれながら、愛する人の帰還を待ち望む人々に友愛の気持ちを示します。そうした皆さんのための祈りは時代と共に移ろいはしません」、大統領は共感を促す優しい語り口で話を続けた。「フランスが一つになる必要があります。フランスが民主的に生き、民主主義を活かし、現代社会が抱える様々な課題を克服していくことを願います。一九八六年に起きたいくつかの事件は、我々が果敢にテロに立ち向かわねばならないことを示しています。そして、失業に対しては、今まで以上に結束しなければいけません、我々は……」。大統領の声は少しずつ遠い木霊の内に消えていった。ソファにじっとしていたピエールはテレビの音をもう聞いていなかった。視線が部屋をゆっくりとさまよい、バニラ、ケラカック……ジャスミン。彼は顔を上げ、そして目を閉じた……オポポナックス……いや、わずかな革の匂い……未完の香りが空中を漂っていた。今まで知っているどの香りとも似ていない香りのブレンディング。家の香りとは言い難い、想像をはるかに超えた繊細な出会い。配分量が一瞬一瞬でバランスを取り、ぴたりと合う、想定外のコンポジション。ピエールは目を開いた。この香りは彼の頭の中で想像したものではなく、実際にこの部屋の中にあった。ピエールはラジエーターの方を振り向いた。帽子が鉄の上で乾いていた。あれだ。

彼は空中の分子を一つも動かしてはならじと慎重にゆっくり立ち上がると忍び足で近づいた。〈オーダドリアン〉と〈ソルスティス〉が雪の湿気の中で混じり合い、モンソー公園の焚き火の匂いを含んでいる。「親愛なる国民の皆さん、私は多くのフランス人が、科学、芸術、工業、スポーツなどのあらゆる分野で成し遂げてきたものを顧みるたび、労働者、経営者、農家の皆さんの極めて質の高い仕事を、そして、国際舞台でフランスが重要な役割を果たすのを顧みるたび、我々が持つ力と幸運を確信します。さらに、成功への意思、共に成功を勝ち取る意思が必要です。一九八七年を良き年に。共和国万歳、フランス万歳！」三つの香りが混じり合い、熱気の中でフランスを探し求めた。完璧な融合、理想的な結合。ピエールは息を潜めてフェルト帽に顔を近づけると時間が止まった。その香りを嗅いだ瞬間、気を失ったように思えた。〈ソルスティス〉と〈オーダドリアン〉、そして焚き火の香りのパーフェクトな調和、この三つの要素のうっとりとするような内在性、水晶のように完璧な未だかつてない新しい香り、彼の手は震え始めていた。八年間、出会えなかった天使のノート、神秘のミューズが新たに年の瀬に微笑んだのだ。瞼を閉じると、無形の組み合わせが体内に入り込み、血液に届いて静脈を満たし、血球と混じり合い、そして全身を押し上げ、七〇年代末のある夜に燃え尽きたはずの、アレクサンドリア図書館に眠っていた彼の才能をふたたび活性化するまで吸い込んだ。アパルトマンの壁が消失し、それから絵、絨毯、テレビ、床、家具、家屋、地区、車、人、歩道、樹木、街、そして雪さえも消えた。すべてが消えていた。何もなかった。一九八六年も、時間も、分も何もかも。視線を固定し、目を開くと、目の前に、数千もの名前が行進していた。分量、花、根、粉、アルコール、蒸留過程、次いで、純粋透明な公式、つまり何種類かの記号と言葉で要約しうる、核衝突と同じくらい強烈な公式。たった二行でシンプルに表現しうるこの公式は、時代、流行、女性たちを征服するための遠征に旅立つのだ。

鍵穴に鍵をさし込んだ時、手はまだ震えていた。ピエールは調香オルガン台の上に、まるで聖書時代から受け継いできた聖遺物であるかのように敬虔に帽子を置いた。黒革の大きなソファに座り、セイレーンの方に鋭い視線を投げ、試香紙《ムエット》を手に取ると埃を吹き払った。

大きなガラス窓の広々とした部屋に集まっていたグレースーツの男たちは香水瓶を受け取ると黙り込んだ。彼らはもうずっと前から、蠟に刻印された、頭上に冠をかかげるセイレーンの姿を見ていなかった。ピエール・アスランは長い間、消息不明だった。三年、いや六年？　一人の男が自分もわからないと言った風に肩をすくめた……彼は電話一本もなしに、郵便で送りつけますからね、感情を害した様子の男が言った。白髪の男が封蠟を外すと、蠟のかけらが大会議室のガラステーブルの上にぱらぱらと落ちた。箱を開けると、ベルベットのクッションに置かれた香水瓶が入っていて、そこにも封蠟がされていた。ラベルも、説明書も、成分表記も入っていなかった。白髪の男は有名ブランドのエンブレムの入ったスチール製ペーパーナイフを手にすると、瓶の上の方を軽くポンポンと叩いた。蠟のかけらが新たに落ちた。香水瓶がまさに開こうとする瞬間、皆が近づいた。

白髪の男は目を閉じて、それから奇妙な儀式でも執り行うかのように、目の前にいる五人の男たちと三人の女たちの鼻の前に瓶をかざした。しばらく、皆、黙っていた。そして互いに顔を見合わせると、一万二〇〇〇ボルトの衝撃が大会議室を駆け巡った。彼を呼びなさい、白髪の男は静かに指示した。急ぐんだ。彼がシャネルやサンローランに持ち込む前に、男はつけ加えた。それから明かりの中で香水瓶を眺めると、アーティストを信じなければならないのに信じきれない時にするビジネスマンの苦笑いを浮かべた。この香水のために数百万フランが投資されるなんて……成分の配合、容器のデザイン、製作工程、資金調達、証券取引所の株取引に至るまで、すべてがこの一人の、たった一人の男の想像力にかかっている。ある朝、この男の頭を過《よぎ》った〈アイディア〉に、すべてがかかっているのだ。それは産業と金融が持つ永遠に解くことのできない謎だった。手で触れられない非物質的な何か、神秘的とすら言える何かに頼らざるをえないのだ……

白いエプロンを巻いたウェイターがテーブルの合間を抜けて三人を案内した。カップル、家族、旅行者たちが笑い、首を上下に振りながら口をいっぱいにして話していた。シーフードプレート、蒸しジャガイモ添えサーロインステーキ、ベアルネーズソースのフィレテーキなどが目に飛び込んできた。ピエールは新作の契約を終えたら、妻と息子を連れて外食しようと考えていた。三人が店に入るとすぐ、白髪でスポーツ刈りの支配人が予約の有無を尋ね、それから予約者リストにアスランの名前を探した。テーブルにご案内します、支配人はそう言ってあごを動かすと、ウェイターがすぐに近づいてきた。三人は席に座ると赤いメニューのレザーカバーを開いた。〈ロイヤルシーフードプレート（三人分）〉が凝った書体でページの真ん中に書かれていた。ジラルドー産養殖牡蠣、イチョウガニ、ハマグリ、ホヤ、ラングスティーヌ、つぶ貝、クルマエビ、アサリ、ウニ、タニシ。ピエールはワインリストを手にすると、シュヴァリエ・モンラッシェ（シャルドネ種を使ったブルゴーニュ産高級白ワイン）を選んだ。ソムリエは、最高の選択です……という決まり文句に合わせていつもの表情を浮かべながら遠ざかっていった。数分後、同じソムリエがワインのボトルを持って戻り、栓抜きを手にすると、ピエールの鼻孔にコルクを近づけ慣例の儀式をする。ピエールがひと口、味見する。こくりと頷くと、ソムリエも頷き、彼らのグラスにワインを注いで遠ざかった。ピエールは客の何人かの視線が自分たちのテーブルに注がれているのに気がついた。クラシック愛好家がエステールに気づいたのだ。

フルメンベールが助けてくれたでしょ。突然ぱったり行かなくなったらまずいんじゃないかしら、エステールは言った。「いや、でも」、ピエールは柔らかい口調で異を唱えた。作業室のドアを開け、調香オルガン台の前に座ったあの夜以来、ピエールは診察に行っていなかった。金曜日になると、「忙しすぎてドクターのところには行けないよ」と妻に伝えていた。「だけど聞いて、ピエール、あなたは六年前から一度だって診療を休んだことがなかったのよ」、彼女は啞然としていた。大切な調合の時間を無駄にする可能性があったので、ピエールは口論を短く終わらせようとエステールに近づくと、何も言わずにじっと彼女を見つめ、それから額にキスをし、ソファに座った。エステールはあきらめた。その翌週にも、ピエールは研究室の蒸留実験があることを理由に診察に行かなかった。以降、金曜日にモンソー公園を散歩するピエール・アスランの姿を見かけることはなくなった。ある朝、よくわけのわからない謎の秘書から連絡が入った。四か月前からフルメンベールの診察に行かれていないようですが、もし診療継続のご意思があるのでしたら、休んだ分も支払いの必要がございます、女性の声がそう説明した。

ピエールはフルメンベールにとくに好感を抱いていたわけではなく、診療も受けていないのに支払いだけさせるというあくどいやり方にはむしろ不信感を覚えた。どう考えても怪しい。診療の待ち合わせが守られなかったことによる損害請求は間違いではないが、一方で、レストランの予約のキャンセルをしなかったからと言って、次の食事の時に支配人が当然といった顔で二回分の会計をお願いするような不愉快さが残った。いったい私はフルメンベールに何か借りがあるのだろうか。何もない。六年続いた長い沈黙診療からは何の改善も見られなかったのだ。鬱状態からピエールを抜け出させたものはこの帽子をおいて他にない。もし彼が帽子を拾わなかったなら何も変わらなかったはずだ。ピエールはこのテーマについてある理論を構築していた。その理論によれば、〈もう一つの違う人生〉が存在している。モンソー公園のベンチで帽子を拾わなかった人生、エステールが彼のひげに思いを巡らせることのなかった人生、つまり、そこでのピエールはひげを剃らなかったし、もちろん、あの帽子が十二月三十一日にリビングのラジエーターの上に置かれることもなかった。この〈もう一つの違う人生〉において、ピエールは相も変わらず古びたボロのカナディアンコートをまとい、ひげを生やして、作業室の扉は開かれず、毎週金曜日にフルメンベールの診療に通っていた。彼が〈違う人生〉と呼ぶものは、量子力学と、それを応用発展させた確率理論の完璧な事例だった。つまり、私たちの人生で行うそれぞれの選択が新しい世界を作り上げているのだが、もしそうだとしても、その前に存在していた世界は無効化されないという仮説からこの理論は出発している。私たちの人生は、まったく違うものでも、まったく同じものでもない、並行して存在している複数の人生の森を隠す一つの木であるだろう。これら複数存在する人生において、私たちは同じ人と結婚しておらず、同じ場所で暮らしてもおらず、職業も違っている……この意味において言えば、ピエールの復活についてフルメンベールの効果をすべて否定するのは間違っているだろう。もし毎週のドクターとの診療がなかったら、彼は帽子の置いてあるモンソー公園のベンチに座ることは決してなかったのだから。ピエールは休んだ金曜日の診療分を清算することに決め、小切手を送った。向こうからは何の音沙汰もなかったが、CIC4567YLは翌日ちゃんと引き落とされていた。

ワインはどうだい？　ピエールはおごそかな様子で妻と息子に尋ねた。「素晴らしいわ」、エステールはそうコメントし、エリックは〈いけるね（cool）〉と言った。それから少ししてウェイターがテーブルクロスの上に丸い台を置いた。シーフードプレートがもうじき到着するのだ。ライ麦パンのかご、エシャロット・ビネガーの容器、バター入れが並べられた。ピエールはパンのかけらにバターをぬってビネガーにこっそり浸した。エリックがピエールの真似をすると、エステールは眉をひそめる。砕かれた氷の上に種類ごとに並べられたシーフードがプレートに乗って届けられた。ピエールは牡蠣を一つ取り、その真上にあるレモンの切れ端を上品に絞ってかけた。レモンの滴が薄い膜の表面に落ちると牡蠣は身をきゅっとすくめる。

クローク係の若い娘が帽子を彼に渡し、コートの袖を通すのを手伝った。それからエステールの肩にシルクのモスリン・スカーフをかけると、それとわかるほど、まじまじとエステールを見つめた。三月にプレイエル（パリ八区にあるコンサートホール。長い間、パリ管弦楽団の本拠地だった）の……リサイタルに行きました、クローク係の若い娘は小声で言った……前奏曲とフーガ、イ短調、忘れられません、彼女は目を輝かせていた。「ありがとう」、エステールはぎこちない笑みを浮かべた。賞賛の言葉はいつだって彼女をドギマギさせる。ピエールが妻の表情に恥じらいの感情を見て取れる唯一の瞬間だった。「本当に感動しました」、若い娘はほおをバラ色に染めてエステールの手を取った。ピエールが十フラン硬貨を渡すと、彼女は微笑んだが、見ているのはエステールの方だった。その若い娘は三人が外に出てからも、夜の街にその姿が消えるまでずっとピアニストの後ろ姿を追っていた。

ピエール、エリック、エステールの三人はタクシーの後部座席で身をよせ合っていた。女運転手の助手席には小型の牧羊犬が座っていた。女性の運転手は滅多になく、とくに夜はそうで、犬がこうして一緒にいることで、ワルによる不測の事態の発生を未然に防ぐことができるのだ。ピエールが窓ガラスの向こうに流れる街の景色を気分よく眺めている間、エリックはタクシーが出発してからずっと父親の膝の上にあった黒いフェルト帽を手に取った。「B. L. って、誰？」エリックが聞いた。「何？」「B. L. って中に書いてあるけど、パパじゃないでしょ」「古着屋でたまたま買ったんだよ」、ピエールは息子からそっと帽子を取ると、内側の革のバンドを見た。同じブランドの黒いフェルト帽で、同じ場所に金色の文字が刻まれていたが、同じイニシャルではなかった。同じレストランにいた二人の男がそっくりの帽子をかぶっていて、クローク係の娘が間違えたのだ。

親愛なるムッシュー

まず最初に、ぬか喜びをさせてしまわないようお伝えいたしますが、あなたの出された広告にある帽子を送り届けることができる、というわけではございませんのでご理解ください。ですが、お探しになっている帽子と私が関係がないかと言うとそうではありません。私はその帽子を二十四時間かぶっていました。もっと正確に言うと、夜と朝、そして午後の間です。

広告の中で、あなたはパリ発ル・アーヴル行きの列車06781と書かれていましたが、ル・アーヴルで戻りの列車に乗った時には、番号が変更されていました（私が乗ったのは6785４です）。あなたが帽子を失くされたのとちょうど同じ夜、ル・アーヴル駅二十一時二十五分発の列車に乗車しました。88番シートの反対側の網だなに帽子がありました。パリに到着した時に気づいたんです。雨が降っていたので、帽子を取ってかぶりました。ほんのささいな軽はずみの行動でしたが、私の人生を変えるものでした。あなたのとても素敵な黒いフェルト帽は内側の革のバンドのところに、偶然にも私の名前と同じイニシャルを刻んでいました。私はそれを幸運のサインと思い、自分を守ってくれるお守りのように感じました。この手紙の続きはよりプライベートな内容になっていきますが、どうかお気を悪くされないでください。あなたの帽子をかぶった夜、実は私は愛人との待ち合わせに向かっていました。たくさんの待ち合わせのうちの一つ、とつけ加えるべきかもしれません。いいえ、誤解なさらないでください。たくさんの愛人がいるという意味ではありません。色じかけをしているのでもありません。たくさんのと書いたのは、その男に会うのが初めてではないということです。その夜の待ち合わせはその前の待ち合わせと似ていました。そしてその前の待ち合わせは、そのさらに前の待ち合わせに似ていて、その前の前の待ち合わせはさらにその前の……奥さんのいるその男との関係は二年以上になります。彼は私と人生をやり直すと約束していましたが、守られることはありませんでした……二人の関係に未来はないとずっと前から思っていました。手帳に書く会う回数が増えていけばいくほど、終わりに近づいていくような気がしました。どんな関係であれ、関係というものの本質は時間的な継続にあるのではなく、むしろ移ろいやすさこそが魅力であって、続けたいという気持ちは落胆や失望につながりやすいのです。話が逸れてしまいました。そして、夜のバティニョール地区――私たちの密会の場所で、サン＝ラザール駅から近く、リーズナブルなホテルが多くあります――で、あなたの帽子がエドワールとの関係に終止符を打ち、彼が私を愛していないことを教えてくれたのです……ここでエドワールとの別れについて、こと細かに書くつもりはありません。もしよろしければ、三月に『ウエスト・フランス』紙に掲載された私の短編小説『帽子』のコピーを同封しましたのでお読みになって頂ければと思います。そこに描かれているのは、場所も出来事もすべて本当のことです。

あなたの帽子のおかげでエドワールは私の人生から姿を消しました。文字通り、消えたんです。あれから何の便りもありません。別れた後の数日間は、彼が思い直すか、もう少し詳しく説明してくれ、と言ってくるかと思って、留守録を確認していたのですが、何もありませんでした。今まで連絡はいっさいありませんでしたし、今後もきっとないでしょう。私はあなたの帽子のおかげで小説を書くことができ、名誉あるバルベック賞まで受賞することができました。たぶんご存じないでしょうが、この賞は二年おきの春分の日に、マルセル・プルーストのおかげで不朽の名ホテルとなったカブールのホテルで開催されています。審査員は地元の著名人、作家、ジャーナリストによって構成されています。パーティーにはシャンパーニュグラスとプチフールのプレートを囲んでたくさんの人が集まっていました。私はすぐに一人の男に気を惹かれました。白髪交じりで、こめかみに白髪が目立ち、パールグレーのスーツに身を包んで、同色のフェルト帽を手にしていました。私はここ最近の帽子をめぐる体験から大勢人がいる中で、その男に釘づけでした。私はエドワールに、彼よりもっと年上の、帽子を愛用する男とつき合っていて、その彼が私に同じ帽子をプレゼントしてくれた、と嘘を言いました。たぶん私の書いていることを変に思うでしょう。でも、書いたことが実際に起きるというのはこれが初めてのことではないんです。

『住所変更』（一九八四年、〈言葉＝コミューン〉賞第三位）を書き終えた四か月後に私は実際に引越しをしました。『港の午後』（一九八五年、ル・アーヴル演劇祭の朗読作）は、商船のキャプテンを務める夫の帰りをカフェで待つ若い女性の物語ですが、それは私とある漁師とのつかの間のはかない恋を予見し、作品を書いたちょうどその半年後に、私はカフェで男の帰りを待つ身となっていたのです。今回、年上の帽子をかぶった男との作り話をしたのは意図したものではありませんでしたが、今、正直に申しますと、バルベック賞を受賞してからというもの、この男が私の人生に入り込み、自分の人生を変えようとしているように思えてならないんです。

ル・アーヴルに住み続けるか、仕事を続けるかははっきりしていません。いいえ、作家になりたいわけではないんです。作家で暮らしていくのは難しすぎるし、そんな才能も、野心もないのです。書店員が向いているのかもしれません……カブールの表通りに、売りに出されている素敵な場所があります。考えれば考えるほど、そこで本を売っている自分の姿が気に入ってくるのです。ミシェルが——グレーの帽子の持ち主ですが——その土地を買うように勧めるんです。一緒に生活しよう、結婚しようって言うのです。今回は、自分自身の置かれている状況がよく飲み込めていません。展開があまりに早すぎて。もし、あなたがあの列車に帽子をお忘れでなかったら、私の人生はこうまで変わらなかったでしょう。今でもきっとバティニョール界隈での密会を繰り返していたことでしょう。私があなたに宛ててこんなにも長い手紙を書く理由を、どうかお察しください。率直に申しますと、私は帽子の男性と人生をともに歩むことにしました。そしてこのことを、もう一人の帽子をかぶった男性に打ち明けたくて仕方がなかったんです。その方を通じて、すべてのことが起きたんですから。ああ、なんということでしょうか、小説のフィナーレはそのまま実際に現実で起こったことなんです。私はもうあなたの帽子を持っていません。それ以上のことはわかりません。

失くされたものがどうか見つかりますように。

ファニー・マルカン

ダニエル・メルシエ
アンリ・ル・セック・デ・トルネル通り　8番地
76000　ルーアン

マドモワゼール

あなたの手紙に動揺しました。そもそも全国紙に掲載した広告に反応があるとは思っていませんでした。あなたからの手紙を受け取った頃には、ちょうど取り下げを考えていたんです。間違いありません。あなたが拾った帽子は百パーセント、私の帽子です。何度もあなたの小説を読みました。文体が素敵ですね。バルベック賞受賞おめでとうございます。私の帽子と過ごした一日半の物語はとても深く心に響きました。そして思いを新たにしました。あの帽子はただの帽子ではないということ。あなたは手紙を通じてあなたの秘密を打ち明けて下さいました。今度は私にお話しさせて下さい。ここ最近、ストレスですり減った私の日常に少しでも明かりを灯すためにも。

あの帽子は私の人生も変えたんです。もし私があの帽子と出会っていなかったなら、今の仕事をしていませんん。ルーアンというこの美しい街にも住むことはなかったでしょう。私の名前はダニエル・メルシエ。帽子に書かれたイニシャルとは違いますが、あれは確かに私のものです。ここでは説明できない理由によってそうなのです。私はあの帽子を失くしてからというもの数週間、ここ十五年間一度も発症していなかった発汗異常を伴う湿疹で苦しみました。それくらい、あの帽子に愛着を持っているんです。診察を受けると医者は「最近、〈とくに激しくいら立つ〉ことはなかったですか」と聞きました。「帽子を失くしました」と私が答えると、医者は「その程度の〈いら立ち〉では皮膚トラブルの原因とは考えにくい」と言いました。その医者に診てもらうのはそれきりにしました。それから次に会ったゴンパール先生は大病院で専門医として働き、医学科長もされていた方で、発汗異常を予期せぬ極端な感情に見舞われた患者に見られる急激な体調変化として捉えていました。まったく同感でした。先生はその一例として、海中に結婚指輪を落としてから数分後に身体中に赤い斑点の現れた人のエピソードを挙げました。

脇道にそれてしまいましたね。もう治った生理的な心配ごとの話でこれ以上あなたをわずらわせるのはやめましょう……あなたのお書きになられたたいへん美しい短編小説『帽子』は、私と黒いフェルト帽との個人的な関係のエピローグのように思えます。というのも、小説の結末は本当のことです、とあなたが手紙に書かれていたので、私にはもう希望がありません。どうやったらモンソー公園のベンチで帽子を拾ったカナディアンコートのひげの男に会えるでしょうか。ベンチの上に帽子を置いて、最後の最後まで現実にこだわりたかったということについて理解はしますが、しかし実際にしてしまったことについては残念でしょうがありません。理想としては、あなたは帽子を持っておくべきだった。そして私の広告を目にして帽子を返す、これが理想だったと思います。でも、もちろん、世界は理想的ではないし、残念ながらアイロニーに満ちていて、というのも、バルベック賞の賞金額（三千フラン）は、私が帽子を返してくれた人（彼もしくは彼女）への謝礼に準備していた額とちょうど同じなのです。

グレーの帽子をかぶったもう一人の男性とあなたが幸せになることを祈っています。そしてカブールという町をまだよく知りませんが、その美しい町で書店を開かれることを。『帽子』を妻に読ませたところ、あなたの文章にたいへん感銘を受けており、この手紙を通じて、他の二作品『港の午後』と『住所変更』をどこで買えるか尋ねて欲しいと申しております。

宜しくお願い致します。

ダニエル・メルシエ

ムッシュー

返信のお手紙にとても心を揺さぶられました。あなたに湿疹が生じたように、愛着のあるものを失くされた気の毒な方が、どんな不安にさいなまれるのか、よくわかります。モンソー公園に帽子を置いてしまい、本当に申し訳ございませんでした。ちゃんとした説明のつかない行為で、文学熱に浮かされてしまい、あれから何週間も自分自身後悔し続けています。私はあの帽子を気に入っていました。値段を問い合わせたのですが、とても手の届くものではありませんでした。謝罪と言ってはなんですが、奥様に喜んで頂きたく、作品を同封します。出版されていないものなので、本屋で見つけられるものではありません。同封の二作品を通じた良き読書と、ご多幸を祈りつつ。

ファニー・マルカン

マドモワゼール

あなたのお書きになった作品をまた読むことができてとても嬉しかったです。文体、そしてあなたが創りあげた登場人物たちに心惹かれました。『港の午後』がとくに良かったです。〈二羽のかもめカフェ〉で夫の帰りを待ちながら、自分の現在、過去、未来に思いを馳せる女性にすぐに感情移入してしまいました。多くの女性はミュリエルという人物を通じて、自分自身の姿を見るのじゃないかと思います。素晴らしい。この感動に感謝。

ヴェロニク・メルシエ

追伸

夫の帽子があなたの手元にないことがとても残念です！　夫はそのことばかり言っています！

〈かもめ書店〉
ファニー・マルカン
マルセル・プルースト通り　17番地
14390　カブール

ムッシュー

数か月前、あなたがパリ発ル・アーヴル行きの列車で失くされた帽子について、私たちは短いやり取りを交わしました。今は一分でも無駄にしたくありません。今朝、美容室でちぎってきた記事を送ります。二週間前に『パリマッチ』（フランスの大衆向け週刊誌）に掲載されたインタビューです。最初はこの男の顔にピンときていなかったのですが、私も使っている有名な香水〈ソルスティス〉を創作した調香師だということが書かれていたので読み始めたらびっくりしたんです。四十六ページ左下にある、記者の質問に対する返事を見て下さい。私はページをめくってこの男の写真に戻り、美容師さんにＢＩＣのボールペンを貸してもらって、つるつるの顔に、おおざっぱにひげを加えてみました。丸メガネに見覚えがありました。そして小説には書かなかった細かいディテールを思い出したんです。男は帽子を持って立ち去る前、帽子の匂いを嗅いだんです。帽子を手にした男と、同封した雑誌二ページに亘って掲載されている男は同一人物です。

宜しくお願いします。

ファニー・マルカン

追伸
美容師に借りたＢＩＣのボールペンは青ペンで、思いがけず〈青ひげ〉のようになってしまいました……

第六感

調香師　ピエール・アスラン　独占インタビュー

文章：メレーヌ・ゴーティエ
写真：マリアンヌ・ローザンスティール

人は彼を香水界のスタンリー・キューブリックと呼ぶ。フランスが生んだ絶対嗅覚ピエール・アスランが、今後十数年の香水界を牽引するとすでに呼び声高い新作を引っ提げて帰ってきた。〈ソルスティス〉、そして〈シェラッツ〉を生んだ神秘の調香師のインタビュー。

七〇年代末のウッディ系列の香水〈アルバ〉の発表以来、表舞台から遠ざかっておられましたが、これからの十年の香水をどのようにお考えですか？

それはこれからの十年を生き抜く女性たちと似てくるでしょう。あなたのような人がいい見本となります。魅力的で、自由で、独立心旺盛ながらも計算ずくの動物性が入り混じっていて、相手を誘惑すると同時に、誘惑される準備もある、現代的でセクシーな女性……

アスランさんに誘惑されるっていうことですか？　もしそうなら一秒たりとも疑う必要はありませんよ。

いやいや疑いますよ！（笑）　男はいつも疑っているんです。だから香水を作る。香水を女性にプレゼントし、女性を自分の思うようにするために。

ご自分の変化をどう説明されますか？

難しい質問ですね……香水はそれが作られた時代に似ている必要があります。そして同時に、その時代を生きなくてはいけません。香水を生かすのも、変化させるのも女性です。例えば、一九二一年の作品〈ハバニタ〉ですが、一九八七年現在も、たくさんの女性が使っています。アプローチの仕方はぜんぜん違うし、まとい方も違いますが。

どういう意味でしょう？

女性が変わったので、香水も変わったと言えるでしょう……

女性はどんな点で変わったと思いますか？

まず肌が変わりました。人類は進化しています。一九八〇年代の若い女性の肌は一九二〇年代の若い女性の肌とはまったく違います。使っている石鹸もパウダーも違うし、シーツを洗う洗剤も同じように進化しています。街の匂いさえ違います。湿度だって変わっています。ルイ十五世の時代の宮廷女性の匂いは現代女性のものとは違います。それは香水の問題と言うよりは、肌の問題なのです。

時代は肌を進化させる？

その通りです。十八世紀を振り返ってみましょう。当時、どんな匂いがすると思いますか？石、太陽、木、肥料、葉、鉄。さぁ、それでは今はどうでしょう。ガソリン、アスファルト、メタリック塗装、プラスチック……電気もありますね。

電気に匂いがあるんですか？

もちろんあります。テレビ画面もそうです。

八年もの沈黙の後、どのように創作活動に戻られましたか？

帽子を見つけたんです……モンソー公園のベンチの上にありました。

意味がわかりかねますが……

たいしたことではありません。それに説明するにはいくぶん込みいっていて。

はい、次の質問は。

（……）

ムッシュー

『パリマッチ』の編集部から、ピエール・アスラン氏とのインタビューに関する手紙が届きました。あなたの手紙は、正直、とても不思議でした。私はこの業界に足を踏み入れたばかりの新米記者なので、読者から手紙を受け取るのは初めてです。そういう訳ですので、あなたからの手紙は決して忘れられそうにありません。正直に告白しますと、ピエール・アスランに今回独占インタビューができたのは、ひとえにアスラン氏の息子さんとクラスメイトの私の妹のおかげなんです。エリックは妹のことが好きで、このインタビューは二人を近づけるための口実だったんです……ピエール・アスランは十三年前からインタビューにいっさい応じていませんし、インタビューに行った時には身体中が震えてしまいました。話題を手紙に戻しましょう。あなたがモンソー公園のベンチの上に忘れた帽子が、アスラン氏がインタビューで話された帽子であるというのは確かでしょうか。私の立場から申しますと、アスラン氏のあの時の返事がよくわかりませんでした。今でも謎のままです。あの箇所は当然編集でカットされるものと思っていたのですが、むしろ逆で、編集部はそのまま残すよう指示しました。というのも、あの箇所こそが、ピエール・アスランのひと筋縄ではいかない複雑怪奇な性格を示していたからです。さて、ご依頼の件ですが、たいへん申し訳ないのですが、アスラン氏の住所をお教えすることはできません。インタビューはアスラン氏の家ではなく、〈リッツホテル〉のバーで行い、広報担当者を同席させていました。もし仮に私がアスラン氏の住所を知っていたとしても、それをお伝えするわけには参りません。ですので、広報担当者の連絡先を同封しておきます。もしアスラン氏に手紙をお書きになるのなら、仲介して下さるかもしれません。

帽子探しがうまくいきますように。

メレーヌ・ゴーティエ

ASLAN

ムッシュー

あなたからの手紙は、今まで私がもらった手紙の中でも、もっとも独特なものでした。あなたの帽子の細かな描写は、確かに私がモンソー公園で拾った黒いフェルト帽と一致します。私が唯一受けたインタビュー記事の掲載された『パリマッチ』に書いてある帽子と同じです。しかしもう、あの帽子は手元にはないのです。私もあの帽子に個人的な愛着を持っていたので、とても残念なのですが。人生とはこんなものです。モノは過ぎ去り、人と香りは残ります。

どうぞ宜しく。

ピエール・アスラン

ASLAN

ムッシュー

広報担当者を通じて、また新たにもう一通の手紙を受け取りました。はっきり申し述べておきますが、もうあなたの帽子はここにはありません。ブラッスリーに忘れてきたのです。正確に言うと、ある夜、不運にも交換されてしまったのです。クローク係があなたの帽子とよく似た帽子を私に渡しました。ただ一点だけ違っていました。金色で刻まれたイニシャルがF. M.ではなく、B. L.になっていました。しかし気づいた時にはすでに遅すぎました。翌日ブラッスリーに戻りましたが、帽子はもうありませんでした。

このことについて、私はもう十分すぎるほど情報をお伝えしましたので、もう手紙を寄こさないで頂きたい。私は孤独を愛しています。電話には滅多に出ませんし、手紙にもほとんどと言っていいほど、応じたことがないのです。

宜しく。

ピエール・アスラン

ASLAN

ムッシュー

三度目のご依頼により、メモ書きを同封しましたのでご確認ください。あなたがこだわっている帽子を紛失したブラッスリーの住所、正確な日時が書いてあります。この手紙を最後にしたいと思います。

私の最新作を同封します。お好きな女性にプレゼントしてあげてください。この手紙に返信は無用です。

アスラン

ベルナール・ラヴァリエールは鈍い音を立てながらプジョー505のドアを閉めた。晩餐会《ばんさんかい》の雰囲気は最低で、妻は車内で口げんかをした後、無言を貫いていた。ピエールとマリー＝ロール・ド・ヴォノワ夫妻は二人を三組の他の夫婦とともにシャン・ド・マルスにあるアパルトマンの自宅に迎え入れた。社交界の慣例通り、料理よりも会話を楽しまなければならなかった。都会の家庭料理、とくに貴族の家柄の料理はひどくまずい。家紋入りの銀食器や陶器に乗せられて料理が運ばれてくると、位の高い特権階級の人は、靴職人や管理人さえ嫌がる料理を振る舞うことに屈折した快感を覚えるのだ。庶民の味が一番、とベルナールは口癖のように言っていた。彼はここ数十年大衆料理を口にしていなかったが、今でも子供の頃にラヴァリエール一族の住んでいたボーヌの大邸宅の管理人が用意してくれた料理を思い出す。それは誰とも共有されない記憶だったが、本当にまずい料理が出された時には、ありありと脳裏によみがえってくる。

しかし今夜の事件の原因はヴォノワ家のまずい料理のせいだけではなかった。「これは犯罪よりひどい。閣下、これは間違いです」という言葉は、アンギャン公（フランスの貴族でフランス革命期にドイツへ亡命。ナポレオン暗殺計画の王党派幹部として濡れ衣を着せられ、軍法会議にかけられ処刑される）がヴァンセンヌ牢獄の壕で暗殺されたことを知ったアントワーヌ・ブーレ・ド・ラ・ムルト（フランスの政治家、ナポレオンの側近）がナポレオンに言った言葉だった。ベルナールはもちろん誰かを死刑執行所に連れて行ったわけではなかったが、彼の犯した過ちは、晩餐会が行われている間に、銃を発砲するのと同じ効果を招いてしまったことだった。

すべてはまずいシャンパーニュ一杯——二杯目ではなく一杯目——と、食前のビスケットから始まった。ビスケットは女主人のマリー＝ロール・ド・ヴォノワが〈フェリックス・ポタン〉（一八四四年開業のフランス食品老舗スーパー）で買ってきたもので、マリー＝ロールは〈フェリックス・ポタン〉の名をことさらに強調した。定刻になると、招待客が数名ずつグループになって次々にやって来た。マリー＝ロールは呼び鈴が鳴らされると「ああ！　あらどうぞ、どうぞ入って入って！」とか、「ああ、何ともまぁ。どれだけお待ちしていたか……！」と言って客人を迎えた。彼女が変わらずに演じる大袈裟な挨拶には、ドアの向こう側の客が思いがけずに現れたかのような驚きが滲んでいた。女性たちは玄関ホールで、羽織っていたショールとハンドバッグを渡してサロンへ向かい、そこでは旦那たちが握手を交していた。駐車スペースを見つけるのに時間がかかって、と誰かがこぼすと、すでに到着していた別の男たちが運命論者よろしくため息をついて同情の意を表した。

ベルナールは車で向かっている時から、ヴォノワ夫妻がまたアプリコットチキンを準備しているのではないかと疑っていた。きゅうりとクリームで作られたアントレが出された後、女中の若いスペイン娘が大きな銀製プレートを運んできた。皿の真ん中には、ブラウンソースのかけられたチキンが乾燥アプリコットに囲まれて鎮座していた。胸肉がひどくパサパサしていて、そのせいかベルナールはずっと喉が渇き続けていた。幸いにもワインボトルが手の届くところにあった。口実は簡単で、他の人たちにワインを勧めながら、好きなだけ自分のグラスに注げば良かった。

話題は公演中の演劇、映画、音楽会の間をぐるぐる行ったり来たりしていた。「昨晩のディナーは、エステール・ケルヴィックの隣だったんですよ」、シャルロット・ラヴァリエールはこの自分の言葉が周りに及ぼす影響を十分に自覚していた。周囲からため息がこぼれ、そして、彼女は自分たちが友人夫妻と一緒に立派なブラッスリーで食事をしていたこと、テーブルをいくつか挟んで有名なピアニストがいたことを説明した。「家族でいらしていたわ。旦那さんと息子さんと一緒に」、シャルロットは加えた。マリー＝フランス・シャスタニエは羨ましがって、「そんな間近で偉大なピアニストを見られるとはなんてついているんでしょう」と言い、それから、三年前のプレイエルで行われたエステール・ケルヴィックのリサイタルについて興奮気味に語った。すると彼女の夫が、ルービンシュタインの方がいいよ、と口をとがらせ、マリー＝ローランス・ド・ロシュフォールが、彼はバッハの演奏者じゃないわ、と言い返した。ジャン＝パトリック・ル・ボシエがグレン・グールドの名を挙げると、ラルニエ大佐が、偉大な音楽家は皆ユダヤ人だ、と落ち着いた口調で加えた。ジェラール・ペロノが、エステール・ケルヴィックはたいへんな美人だ、と発言したせいで、奥さんにひどく睨みつけられていた。やがて晩餐会の話題は子供の教育へと移っていった。ボーイスカウト、ガールスカウト、将来のサンティアゴ・デ・コンポステーラの巡礼についてなど、話題は多岐に及んだ。斬新な教育法を実践するユンベール神父は皆から〈聖者〉のように崇められ、讃えられた（当時はまだ誰も、この聖者が十六年後の警察の大規模捜査によって八万七千枚の児童ポルノの写真が彼のパソコンのハードディスクから見つかり、逮捕されるとは思いもしなかった）。

　教育のテーマはやがてテレビの話題に発展した。彼らにとって、テレビは現代社会の諸悪の根源、小悪魔であり、テレビ番組は現代の退廃《デカダンス・コンタンポレンヌ》を映す鏡だった。ステファン・コラロがやり玉に上がった。ステファン・コラロ司会による土曜日の深夜番組『ココボーイ』は若者たちの脳みそを空っぽにするだけではなく、度外れて淫らなストリッパーを紹介しながら〈尻〉一色に染めあげた。ラルニエ夫妻は『アポストロフ』（ベルナール・ピヴォ司会によるフランスの伝説的書評番組）を観るためにテレビの前に陣取っていると言った。心優しいピヴォ先生に週に一度文化の注射を打たれると、スタジオで紹介された本は読んでいなくても読んだような気がするんです、と二人は口をそろえた。大佐の妻は『アポストロフ』で紹介された本をまだ買ってもいなかったが、すぐに購入するつもりです、と言って、機会さえあれば読んでもいない本についてコメントした。しかし番組に歌手のセルジュ・ゲンズブールが出演した最近十二月の放送は二人のひんしゅくを買っていた。ゲンズブールはパスティス51（アニスの香りの食前酒）を持参し、ジタンを吸って、無骨な田舎者に語りかけるようにギ・ベアール（歌手、作曲家、詩人。女優エマニュエル・ベアールの父）に言葉をかけた。うんざりした二人がテレビの前から離れようとすると、画面にはジャン・ドルメッソン（作家、哲学者、ジャーナリスト。アカデミーフランセーズ会員）やフィリップ・ソレルス（二十世紀後半から二十一世紀にかけてフランス現代文学を牽引する作家・批評家）のような柔和な顔が現れて、二人は思いとどまった。ミシェル・ポラックはその名前が出るだけで、晩餐会の客人たちに悲鳴をあげさせるような存在だったが、フランシス・ブイグ（フランスの大手建設、テレコム、メディアなどを束ねるブイググループの創業者）が前面に立ってくれたおかげで、フランスをたちの悪い市場のような喧しい番組『答える権利《ドロワ・ド・レポンス》』から解放してくれ、どれだけ救われたかと、皆、口をそろえた。フレデリックとユベール・ド・ラ・トゥール夫妻は話題についていけず、うちにはテレビがないんです、と得意げだった。フランス家庭にとって、ミシェル・ドリュッケール（テレビプロデューサー、司会者。五十年間に亘り、フランス放送界のドンとして知られる）の存在そのものを四世紀に活躍したヒンドゥー教徒の数学者と同じくらい馴染みのない存在にするというのは並大抵のことではなかった。夫妻は〈ムルジ一族〉について詳しかった。一族がギリシャ、ファナル地区の古い貴族で、トラブゾン（黒海沿岸のトルコの都市）近くのムルーザ出身であることも知っていたが、その一族の一人が『13H』というニュース番組で司会を務めていることは知らなかった。ラ・トゥール夫妻は映画にも行かず、固定化されたイメージの世界、いわゆるニエプスとナダール（ニエプスは現存する世界最古の写真の撮影者、ナダールは十九世紀の肖像写真家として知られる）の間のどこかにいながら幸せに暮らしていた。ホストのピエール・ド・ヴォノワは次の言葉を言いながらテレビを巡る長話を締めくくろうとした。「皆さん、何を隠そうこうした事態を招いてしまったのは、皆左の連中のせいですよ」「その通りです。でも、残念ながらこれで終わりじゃないんです」、ジャン＝パトリック・テライユは語気を強めて続けた。「ミッテランが再出馬するのは間違いないんですから」

「正確に彼の名前を発音してくださいませんか」

ベルナール・ラヴァリエールは言った。そして少し経ってから、グラスに残っていたワインを飲みほすと、テーブルにグラスを戻し、沈黙が訪れた。皆の視線がベルナールに集まった。

〈ミットラン〉という縮約した呼び方は、あからさまにはしないものの、懐古的で極右的な傾向すらあるフランスの右派たちがミッテランの名前を呼ぶ時に使った。ベルナールが聞いたのも今回が初めてではない。社交の場で大統領の名前をこう発音する頻度が最も高いパリの行政区は、七区、十六区、八区の三つの区である。生え抜きからにわかまでのドゴール主義者、ひたすら安定を求めるＵＤＦ（フランス民主連合。中道右派、ドゴール主義とは距離を置く右派連合）支持者、他人の目をはばかる国民戦線《フロン・ナショナル》（フランスの極右政党。反ＥＵ、移民排斥の立場を取る）支持者、露骨な王政主義者《ロワイヤリスト》、彼らは現職大統領の名を傷つけるために躍起になった。〈ミットラン〉という呼び方は、公然と口にはしないものの、自分たちの間で仲間意識を確認するための暗号として使われていたのだ。お洒落《しゃれ》な貴族から社会の非主流に至るまで幅広く潜む右派支持者層は、フランス語の有音〈ｅ〉を文法規範から逸脱した使い方で楽しんでいた。ベルナールによる突然の発音訂正要求は誰も想像しておらず、サロンの室温を数度低下させた。チキンは冷たくなり、アプリコットはよりいっそう干からびて、グラスの周りは霜で覆われた。ベルナール自身、自分がなぜあんなことを言ったのかわからなかった。言葉が勝手にやって来たのだ。まずいチキンを何度も咀嚼《そしゃく》しながら子供時代の昼食会を思い出したせいだろうか。ジャン＝パトリック・テライユがベルナールと違って、ル・ポワトゥに代々続く大豪邸を持っていたからなのか。それとも、ワインの飲みすぎか……いいや、そうではない。説明不能なのだ。

私はずっとミットランと呼んでおりますし、ベルナールは気に召さないかもしれませんが、これからも変えるつもりは毛頭ありません、ジャン＝パトリック・テライユは冷たく言い放ち、ラルニエ大佐はじっとベルナールを見つめてからあごをゆがめ、あたかも裏切り者に対する軍法会議を取りしきるかのようだった。「親愛なる友人よ、あなたは左になったのですか」、ピエール・シャスタニエが陰湿に聞いた。「我々に何も言わずに洋服を変えたってわけですか」、フレデリック・ド・ラ・トゥールは嫌味にくすりと笑った。ベルナールは言葉に表現できない何かが自分の内に開いていくのを感じた。包み込むような、暖かい大きな安らぎの心が脊柱に沿って上って来た。それは首、それから頭に達し、ベルナールの口元には謎の笑みがこぼれた。「ミッテランの何が気に食わないんですか」、ベルナールは優しい声で言った。「私たちは、三年前、いや、六年、八年、十年、十五年前から、こうしてこのテーブルの周りに集まっていますが、一九八一年五月十日（ミッテランがジスカール・デスタンを抑えて、大統領選挙に勝利した日）が、私たちの暮らしの何を変えたっていうんでしょうか」。長い沈黙があった。「考えてもごらんなさい。なんにも、なんにも変わっていないんですよ……」ベルナールは言った。「あなたは共産主義者が大臣ポストに就いていたことをもうお忘れですか」、ピエール・シャスタニエは憤っていた。「忘れていません。しかし、あれ以降、共産党は水の中の砂糖と同じくらい確実に溶けているところです。ミッテランは右派が三十年かけて成し遂げられなかったことをたった六年で達成したんです」「あなたは今、我々の目の前で悪魔の弁護士の役を演じているね！」「ミッテランは悪魔ではありませんよ……弁護士ではありますが」、ベルナールは微笑んだ。セリーヌのヒールの先は男性に忘れられがちであるが凶器にもなる。ベルナールは足に一撃をくらい、妻シャルロットの目は怒りに燃えていた。「彼は世界でフランスを代表している、そのことが耐え難いのです」、ジャン゠パトリック・テライユはこもった声で言った。「私たちの国の社会党大統領がよその国にいったいどんなイメージを与えてしまっているのかですわ」、ユベール・ド・ラ・トゥールが加勢した。「どんなイメージ？」、ベルナールは驚いた。「最高じゃないですか」、彼はこっそり足をさすりながら続けた。「ミッテランは行くところ行くところ、いろんなところで愛されていますよ。それに、フランスはどの時代より他国のトップと良い関係を築いています。ヘルムート・コール、レーガン大統領、ゴルバチョフ書記長、マーガレット・サッチャー……それに、フランス国内で人気があります。彼は人々に愛されています」「人々？　人々ってどんな方々のこと?!」、ユベール・ド・ラ・トゥールは感情的に言った。「庶民ですよ……」ベルナールは微笑んだ。「この男はようするにマキアヴェリ主義者だ」、ピエール・ド・ヴォノワは悪態をついた。「その通りです。『君主論』を再読しなくてはいけませんね」、ベルナールは笑顔で言った。「『君主論』？」「そうです。マキアヴェリの『君主論』です。すべてはそこに書いてあります」ベルナールは言った。「何を言ってるの。あなた一度も読んだことないでしょ」、シャルロットが冷たく突き放した。ベルナールはわずかに瞬きをした。〈誰もが民衆の力を借りれば君主になれる、君主は常に親愛の情を示さねばならず、なぜなら、人民の愛情のみが君主が逆境に陥った時、見いだすことのできる唯一の源泉だからだ〉。「もうわかった……」、皆がいっせいにラルニエ大佐の方を向いた。じっと頑なに口をつぐんでいたラルニエ大佐はベルナールに、国歌〈ラ・マルセイエーズ〉をレゲエ調にアレンジした歌手に対して感じる怒り以上のものを覚えていた。「私はフランソワ・ミッテランの褒め言葉を聞き続けるつもりは皆目ありません。あなたがテライユさんの言葉を遮ったやり方は言語道断。昔の男たちはもめ事があれば、広い芝生に出てケリをつけたものです。決闘ですよ」大佐の声は怒りで震えていた。女主人のマリー＝ロールが大佐の怒りを鎮めようと気づかう中、大佐はまだ何かひと言ふた言もごもごつぶやいていた。フランスの声、ドゴール将軍、王位剝奪者《はくだつしゃ》、という言葉だけがはっきり聞き取れた。やがて沈黙が訪れ、沈黙が続き、良家の処世術がその場を和ませた。

ベルナールは晩餐会の会場を後にする時、妻が女主人役のマリー＝ロールにしきりに謝っているのを聞かず、おもてなしに感謝の言葉を述べて、他の客たちに別れを告げた。次いで、玄関でバーバリーのレインコートをはおり、シャルロットがストールを巻くのを手伝って、それから頭に黒いフェルト帽をかぶった。金色で刻まれたアルファベットのイニシャルが変わっていることには気づかずに。

夜中の十二時半、妻が寝室でなかなか眠れずにいる間――鎮静剤モガドンを服薬していたが――、ベルナールは一人リビングでコニャックを飲んでいた。大統領の名前を正確に発音するように言った時、彼を支持するものは誰もなく、皆、うす笑いを浮かべていたのだろう。妻のシャルロットはこっそり蹴りまで食らわせたのだからもっとひどかった。彼らの最初の反応は嘲笑いだったが、それもつかの間、すぐに冷めた憎しみへと変わった。会場を後にする時、ラルニエ大佐はベルナールを上から下までじろじろ見ながら握手を交わした。半ズボンをはいていた子供時代を思い出しても、あんな風に見られたことは一度もなかった。昔の男たちはもめ事があれば、広い芝生に出てケリをつけたものです。決闘ですよ。その後はなんだろう。ベルナールはあの場ですぐに切り返せなかった自分を悔しく感じた。反撃の言葉は少し遅れて、エレベーターに乗っている時に思いついた。大佐、あなた様の仰る通りでございます。広い草原に行きさえすればきっとあなたみたいなロバとお会いできるでしょう。この反撃の言葉はファマス（仏製軍用小銃）の弾丸よりもっと確実に、大佐の右心室にとどめを刺したに違いなかった。

帰り道、妻がヒステリックに喧嘩をしかけてきた。あなたは、私たちの友だち皆を怒らせたのよ！　彼女は車内で金切り声をあげていた。私たちの友だち……ベルナールはコニャックを一気に飲みほすと、新たにグラスに注いだ。友だち、笑わせんなよ、彼は思った。家中が眠りについていた。好き勝手にするぞ。いったいどの点で、妻は彼らを友だちと言うんだろう。言葉として強すぎはしないか。同じ勉強をして、同じ社交ダンスパーティー《ラリー》（良家の子息子女が集まる）に行って、同じ学校に通ったって、必ずしも〈友だち〉になるわけではないだろう。どう考えても友だちという呼び方は当たらなかった。彼らとの共通点を説明するとすれば、同じ〈社会階級〉に属する、これで十分だ。友情なんてものではない。詩人が歌い、作家が定義する友情とはまるで違うものだ。ベルナールはモンテーニュとラ・ボエシの名前を想い浮かべたが、それから思い直して、例えがなかなか見つからず、というのもこの二人の作家の友情には男色の疑いがあるからだ。一方、サン＝テグジュペリは、飼いならしたキツネとの、その生涯に責任を負う友情について美しい文章を残している。しかし晩餐会に来ていた客人たちは、か弱いキツネとは似ても似つかず、むしろ合図さえあればすぐにでも血の臭いを嗅ぎつけるハイエナのようだった。今夜、アクサ社で重要ポストにつき敬意を払われていた男が一瞬のうちに、彼らの目の前で〈いかがわしい人物〉になり下がってしまった。

彼らは自分を獲物として見ていた、とベルナールは思った。彼らは一緒になって狩りに出かけたが、私は獲物になるのを拒んだのだ。いったいああいう人たちと自分にどんな共通点があるのだろう、今まで決して自問したことのない奇妙な問いが深淵を穿った。

胃がきりきりし始めるとすぐ、アプリコットチキンのイメージが目前に現れた。ベルナールはアプリコットチキンのイメージを追い払おうと、アンリエットと彼女の竈《かまど》を思い出した。アンリエットは二羽のカササギ畑《クロ・デ・ドゥ・ピ》とリヴァイユ家の領地の間にある、代々ラヴァリエール家が受け継いできた敷地の入り口付近に建てられた小さな離れに住んでいた。屋敷ではラヴァリエール一族が学校の休みに合わせて年に何度か集まった。親同士、従兄妹、叔父、叔母、祖父母が再会した。ベルナールはアンリエットが二十年も前に夫を亡くしていたことを知らなかった。彼女は管理人用の離れで、弟のマルセルと一緒に暮らしていた。マルセルは敷地内のガーデニングから石材工事まで、ありとあらゆることを請け負う何でも屋さんだった。彼には女性っ気がまったくなく、男が好きなんじゃないかという噂まで流れたが、真偽が確かめられたわけではなかった。

ラヴァリエール家の子息たちにとって、アンリエットの家に出入りできるのはある種の特権だった。ある子供たちは大きすぎると言われ、ある子供たちは小さすぎると言われた。理想的な年齢の区切りは七歳から十二歳の間で、その年頃の子供たち十人ほどが招待される昼食会は、アンリエットの野菜畑を訪れるところから始まった。子供たちはいろんな種類の香草や野菜の見極め方を学び、そのうちのいくつかはその場で味見することができた。マルセルはズボンから折りたたみ式ナイフを取り出すと、興味津々の子供たちを前に、ニンジンやトマトを刻んで渡した。それから子供たちは赤と白のチェックの変色に強い防水性テーブルクロスの掛けられた大テーブルを囲んで腰をかけ、アンリエットは炭火にかけられたフライパンの前に立ち、やがて、レストランのシェフ脱帽の極上ポトフが皿の上に乗って運ばれてくるのだ。以前は、ポトフではなく、とろけるブランケット（肉や野菜をホワイトソースで煮込んだシチュー）だったり、オッソブーコ（仔牛の骨つき脛肉をトマト、白ワイン、香味野菜で煮込んだ料理）、ベーコン添えのキャベツ料理が出されたこともあった。郷土料理の極意は世代から世代へと受け継がれ、テーブルを囲む子供たちのどんな母親でも、どんな腕利きの使用人がいたとしても、パリのキッチンで作るのは難しいだろう。でき栄えはアンリエットの足元にも及ばないはずだ。やがて時が流れ、祖父母が亡くなると、あの敷地は相続人たちの手によって無残に分割され、売却された。もうあのキッチンの熱気や子供時代の匂いは少しも残っていない。

晩餐会の参加者だけを見ても、ずっと昔からブルジョワや貴族階級に脈々と存在する世間への敵対心を立証するのに十分だった。一九二二年、貴族身分を表す小辞（貴族の苗字の前につける〈de〉を指す）を購入して貴族に扮し、結婚を通じて正式に特権階級に認められたジスカール・デスタンが一番良い例だろう。ミッテランは大統領選の第一回投票と第二回投票の間に行われた討論会で、ジスカール・デスタンに何を言ったか。「まず、そのような話し方をやめて頂きたい。私はあなたの生徒ではないし、ましてや、この場において、あなたはフランス共和国大統領でさえないのです。ただの私の対立候補にすぎません」。このセリフは大成功を収めた。そう言えば、私はジスカール・デスタンに投票していたな……ちょうどその時、数千年の堆積の果てにようやく形成される次の単語が脳裏を過った。〈化石〉。彼は低いテーブルの上にグラスを無雑作に置くと小さな声でささやいた。完璧な化石だ。テレビを持たず、そのことを自慢しさえする化石たち。変化を望まず、古いアパルトマンの中で、一向に代わり映えのしないインテリアに囲まれて暮らす化石たち。顔を上げると、シャルル＝エドワール・ラヴァリエールの肖像画が目に飛び込んだ。暖炉の上に二世代に亘って飾られてきた先祖の肖像画。白いほおひげを生やし、ローマ皇帝の風格を漂わせ、ラヴァリエール一家は今でも財産の多く——パリ市内のアパルトマンや事務所など——を彼から受け継いでいる。もともとは土地を所有していたが、彼がオスマンのパリ大改造時代にその土地に建物を建てさせる決断をしたのだ。ベルナールの視線は次いでルイ十六世様式のタンスと明王朝の花瓶を捉え、それから白い大理石の暖炉を振り返ると、狩猟の守護神ダイアナと小鹿を象るルイ十六世様式の金箔のブロンズの掛け時計が目に留まった。窓辺にはルイ十三世様式の小さな家具があり、ローラ・アシュレイのカーテンとレースカーテン、ルイ十六世様式の六つ組の肘掛椅子、ペルシャ絨毯、ルイ＝フィリップ様式のスツールや同時代の開閉式テーブルがあった。壁には非現実的な女性の羊飼いたちが登場する、架空の廃墟を描いた一八〇〇年頃の風景画がいくつかかけてあり、そして、聖母マリアの出現に遭遇したかのように上空を見上げる〈キッチュ〉な女性のパステル画——その女性がベルナールの一族の家系譜のどこに位置するのかはよくわかっていない——、次いで、正面の壁のオービュッソンのタペストリーと、シャルル十世様式のクリスタルシャンデリアに目を向ける。ベルナールはこの家の室内が晩餐会に参加した人たちの室内と何ら変わりがないことに衝撃を受けた。ソファの上にある絵も同じだった。そこには小川のほとりの牧歌的な情景が描かれ、遠くには教会が見えた。ちょうど鐘楼の部分に当たるカンバスがくりぬかれ、そこに円形の本物の琺瑯《ほうろう》時計がはめ込まれていた。時計の針は世代を超えて受け継がれていくうちに失われていた。ベルナールの知る限り、この絵は最初からこうだった。もともとは壁時計と同じように、ある時刻になると鐘を鳴らして時間を教えてくれるよう制作されていたはずだった。しかし時計はもうずっと前から動いていない。ベルナールは父から受け継ぎ、父はまたその父から受け継ぎ、そしてもうラヴァリエール家の誰がそれを手に入れたのかを知る者はなく――それはそこにただあった。長い間、無意味に、そして針のない文字盤は永遠に止まってしまった時間を象徴的に表していた。傷ついたその絵はベルナールにこう言っているように思われた。お前は典型的なブルジョワだ。今後もずっとそのままだろう。お前は晩餐会の人たちと同じで、彼らと同じように、お前のものではない装飾品に囲まれて暮らし、新しいものは何もなく、息子たちもお前と同じように暮らし続けていくだろう。お前は言葉のあらゆる意味で保守的な人間でしかない。その階層の人間であり、完全に交換可能なのだ。お前の親父も、爺さんも、お前の子供たちも同じように。お前はお前の時代の人間ではない。だいたいこの時計を見るがいい。お前は自分が生きている年も時間も知らないじゃないか。

ベルナールはマキアヴェリの『君主論』が無性に読みたくなった。あなた一度も読んだことないでしょ、シャルロットは言った。もちろん彼は『君主論』を読んでいた。法学の勉強をしていた頃で、あれ以来一度もページを開いていなかったにもかかわらず、晩餐会であれほど正確に本の内容を思い出すことができたというのは、その事実だけで、あの場にいた人たちから賛辞を受けてしかるべきだった。彼は書斎に行き、文庫本を見つけるまでたっぷり十五分はかかった。そして、もうだいぶ黄ばんでいた安価な本を開いて読んだ。〈思慮深い君主は約束を遂行することで自分の立場が危うくなるならば、あるいは約束を守る理由が失われたならば、もはやそれに固執する必要はまったくない。このようなものが掟である。

〈もしすべての人間が善人であったとすれば、私の言っていることはとんでもないことになるだろう。しかし、人は本質的に悪であり、ゆえに、人はあなたとの約束を守らないし、あなたもまた約束に縛られる必要はない。君主の中でも、とくに新しい国家を樹立した君主は、人々が善とみなす事柄をし続けるのは不可能であることを理解しなければいけない。国家を維持するためには、人類愛、慈悲、宗教さえ時に裏切らなければならない。

〈運命の風や変化に応じて、あらゆる事象に対応していくためには十分に柔軟な精神を持たなければならない。私が述べてきたように、善の道でいられるならばそれに越したことはないが、しかし、必要とあらば、悪の道に入ることをためらってはならない。〉

ベルナールはこれらの言葉を読んで激しい頭痛に襲われ、寝床についた。

……間違いないですか？　ひげを生やしたキオスクの店員が不安げに尋ねた。

毎朝、ベルナールは明け方に起き、『フィガロ』を買いに行っていた。もちろん定期購読にしてもいいのだが、朝の散歩は生活にリズムをつけるのに役立っていた。新聞を買って、家に戻り、家族で朝食を取って、その後、仕事に出かけた。ベルナールは三人のキオスクの店員を知っていて、良好な関係を維持していた。彼は六時四十五分にやって来る『フィガロ』を買う客で、週末には『マダム・フィガロ』と『マガジンヌ・フィガロ』を追加で購入した。間違いないですよ、ベルナールは落ち着いて答えた。マルセル・シュヴァソンがパッシー通りのキオスクに来てから十三年になるが、朝のこの客に〈リベ〉（『リベラシオン』の愛称。中道左派寄りの日刊全国紙）を売ったのは初めてのことだった。こうしたことが起きるのはまれで、というのも、ここには一見さん――新聞をたまたま買って二度と来ない客――か、常連客しかいないからである。後者の場合、キオスクの店員は私的な判断をせず、何の素振りも見せずにそれとなく暗黙の味方となる。毎週木曜日、ジャン＝マリー・ル・ペン（政治家。極右政党国民戦線の創始者で初代党首）の機関誌『ナショナル・エブド』を買いに来る客が二人いた。一人はスキンヘッドの三十代で、もう一人は杖をついた、冬には手袋とローデン・コートを着てやってくる老人だった。ポルノ雑誌についても事情は同じで、『ユニオン』や『リュイ』をこっそりとではあるがためらいなく買っていく常連客がいて、マルセル・シュヴァソンは『ル・ポワン』や『ヴァルール・アクチュエル』（政治、経済、社会を扱う硬派週刊誌）を購入する客に応対する時と同じように無関心を装いながら商品を渡した。しかし杖をついた老人がもし『フィガロ』を購読し始めたらどうだろうか。スキンヘッドの若い男が『レキップ』（スポーツ専門紙）を欲しいと言ったらどうだろう。エロ本マニアが『フランス・ディマンシュ』（芸能ニュース中心の週刊誌）や『ポワン・ド・ヴュ』（世界の王室関連情報週刊誌）を買うと言ったら？　マルセル・シュヴァソンは『フィガロ』愛読者に今までのバランスを崩され、一日の残りの時間を混乱したままに過ごした。そして山積みになった週刊誌『ＶＳＤ』（総合週刊誌）に首を傾げながら、あの客の変化がそれにとどまらないことに気づいていた。彼はいつものように家に帰るのではなく、カフェに寄り、テラス席に座り、帽子をかぶって、カフェ・クレームを頼み、〈リベ〉を読んだ。正確に言うと――マルセル・シュヴァソンに彼の姿は見えていなかったのだが――、ベルナール・ラヴァリエールはジャック・シラクに関する辛辣記事を楽しんでいたのだ。その記事はたいへん上手に意地悪く書かれていて、ジャック・シラクがマティニョン（首相官邸）に来てからの失敗談を一つひとつ丁寧に解説していた。

十五分後、ベルナールがアパルトマンの玄関ホールに入ってきた。女性管理人が彼のあとを振り返ると、夢じゃなく、目の前を通り過ぎたのは確かにラヴァリエール氏だった。彼は赤いひし形ロゴで知られる日刊紙を読みふけっていた。このアパルトマンの住人で〈リベ〉を読んでいるのは〈新住人〉のジアン氏だけで、彼は定期購読者だった。彼は今から十か月前に三階の部屋を購入していた。このアパルトマンは何世代にも亘って暮らしている人がほとんどで、その多くが名前に貴族の末裔《まつえい》を意味する小辞〈de《ド》〉がついていた。そこに毛色の違う表札がやって来たのだ。ジアン氏は輸出入の商社に勤めていたが、何を輸入し、何を輸出しているのか知る者はおらず、ただロールスロイスを所有するほどには十分に裕福であり、管理人の話によると、「友人のジャック・セゲラ（広告業界の帝王）」から買いとった車だということらしい。住人たちはこの英国製自動車のハイテクノロジーに、品の悪さの極みを感じていた。アクション・フランセーズ（フランス王党派のナショナリズム団体、一八九四年のドレフュス事件を契機に結成）の古い家柄のバリティエ家がアパルトマンを売ったのだ。一家は七区へと越していき、〈裏切り者〉の烙印《らくいん》を押された。住人たちはジアン氏とすれ違う時、挨拶はするものの、誰も家に招いたりはしなかった。最初の頃、ジアン氏は新居にアペリティフを飲みに来るよう、隣人たちに丁重に声をかけていたが、皆、忙しすぎて時間をつくるのが難しいと言い訳がましく断った。ジアン氏は根に持たなかった。彼はアパルトマンにおいて異質な存在と見られていたが、住人たちはジアン氏に、ある一つの長所を認めないわけにいかなかった。住人の集まりで、彼ほど、各種見積もり費用を下げさせられる者はいなかったのである。おめでたい世帯主から金をせびるのに慣れっこだった管理業者は、頭にポマードをいっぱいつけたぽっちゃり男のせいで、頭を悩ませることになったのだ。ジアン氏は他人の目を気にせず、ゴールドのロレックスの腕時計を巻いた手で見積書を空中で振りながら、エレベーター、塗装、配管、屋根ふきなど、パリの古いアパルトマンに喜んで寄ってくるあらゆる業者に向かって「どろぼう」「ペテン師」「強欲野郎」といった言葉を遠慮なく投げつける男だった。彼はまた別の会社に見積もり依頼をし、長年請け負ってきた業者にやめるぞと脅しをかけながら、最低でも二十五パーセントの値引きを要求した。作家のポール＝ループ・シュリチェルによく似たこの男を恐れて、管理会社フォンシアの理事プルザン夫人は、彼から要求された内容のすべてを出入り業者に伝えた。旨みのあるマーケットを失いたくない会社からばか丁寧な返事が届いた。ジアン氏はこうして管理組合に今年度三万八千フラン以上倹約させた。しかしアパルトマンオーナーの誰もジアン氏に礼を言う者はいなかった。会合ではただ発言を控え、小さな声でこうささやいた。ジアンに任せよう……

ベルナールがエレベーター――一九一一年製ルー・コンバルジエの修理は当初の見積もりより三十パーセント低い価格で成約した――を待っているとジアン氏が降りて来た。「おはようございます」、ベルナールは快活に挨拶した。「おはようございます」、朝のベルナールのご機嫌な様子にちょっと面喰らいながらジアン氏が答えた。「組合を代表して、エレベーターの修理についてお礼を申し上げます」「いや、たいしたことやってないですから」、ジアンは否定した。「とんでもないです」、ベルナールは人差し指を上げながら続けた。「あなたのおかげで、ちゃんとした見積もりで委託できたし、今回が初めてじゃないんですよ。あなたはこの古いアパルトマン運営の貴重なエースなんです」。ジアン氏は早口で礼を述べると、ベルナールが手にしていた〈リベ〉に視線を落とした。彼もまた同じ新聞を手にしていた。「ラヴァリエールさん、『リベラシオン』を読むんですか？」「ええ、高く評価していますよ。現代を広い視野で捉えなければいけませんからね。『フィガロ』『ル・モンド』『リベラシオン』、我々の時代を少しでも理解するためにはぜんぶ目を通す必要があります」「おっしゃる通りです」、彼は頷き、それからエレベーターに乗る道を譲ろうとした。「数か月前、ご丁寧にお誘い頂いた時には予定が立て込んでおりまして」、ベルナールが言った。「皆、お忙しいですよね」、ジアン氏は寂しげに答えた。「最近はわりと時間があるんですよ。あなたの家にお邪魔できますか。ご予定に合わせられると思いますが」「じゃあ、金曜日はいかがですか？」彼はすぐに返した。「金曜日、たいへん結構です」。ベルナール・ラヴァリエールは部屋に戻ると、帽子とトレンチコートを壁にかけ、それから、壊れた絵画時計を怪訝な目つきで一瞥し、朝食に準備されたクロワッサンが置かれてあるテーブルの真ん中に新聞を置いた。シャルロットはダージリンティーで息を詰まらせ、二人の息子は理解不能とでも言わんばかりに父親を眺めた。「あれ、『フィガロ』はどうしたの？」シャルロットは不安げに尋ねた。「買わなかったよ。時々変えなきゃね」、ベルナールはそう答えると、腰を下ろした。そして家族が見守る中、コーヒーを注ぐと、普段、彼が〈セルジュ・ジュリ（『リベラシオン』をサルトルらと共に創刊。同誌編集長）の雑巾〉と呼んでいた新聞を開いた。長男のシャルル＝アンリがそのことを忘れずに指摘すると、ベルナールは新聞を下ろして顔をのぞかせ、息子に言った。「読んだことあるのか？」沈黙する息子の前で、ベルナールは毅然として言った。「全部を批判する前に、何を話しているのか少し耳を傾けなきゃいけない時代だろう」。そして彼は続けた。「金曜日、ジアンの家でアペリティフを頂こう」。

ベルナールはオペラ通りでの打ち合わせを終えると、会社には戻らなかった。進行中の案件は明日でも良かった。午後四時四十五分、建物のポーチの下で雨宿りをし、雷雨が過ぎると、一人で散歩をしたくなった。足が勝手にパレロワイヤルに向かっていて、気づいたら〈ビュラン（フランスの芸術家。ストライプの模様を使った作品で知られる）の柱〉として知られる〈二つの台地《レ・ドゥ・プラトー》〉に来ていた。文化省の中庭の再整備にあたってはいろんなことが言われた。『フィガロ』は先頭に立って歴史的意味合いの深い文化財への冒瀆だとして批判を書き連ねた。柱の設置は国会や司法の場で論争となり、保存協会の創設や数百種類もの嘆願書に繋がり、多くの批判にさらされた。ベルナールも嘆願書にサインした一人だった。

ずる賢い笑顔に、ブロー仕上げのカールした髪、時代の寵児ジャック・ラング（社会党。文化大臣や教育大臣など、要職を長年に亘り歴任）は悲しげな中尉風情のフランソワ・レオタール（中道右派の立場を取る政治家。文化大臣、国防大臣を歴任）に後を譲った。レオタールは文化省にやってくるやいなや、進行中のプロジェクトを白紙に戻すことを検討し始めたが結局あきらめた——中止は完工させるよりも、もっとお金がかかったのだろう。ビュランの柱の設置に反対していたベルナールは、正直、その作品を近くで見たことがなかった。高さの異なる黒と白のストライプの柱が水溜りに反射し、美的な視覚効果を生み出していた。なぜこの作品があんなにも多くの論争を引き起こしたのだろう。ベルナールは工事前の中庭の姿をよく覚えていた——そこは車の並ぶただのパーキングだったのだ。あれだけ皆が必死で守ろうとしていたものが、パーキング……？　子供たちは背の低い柱の上で飛び跳ね、ジャンプして地面に降りる、その動きを永遠に繰り返していた。遠くでは、鉄柵の近くにいる旅行者グループが柱の天辺に向けてコインを投げていた。その柱は五メートル下のコンクリートから伸びていて、底には水が絶えず流れていた。日本人女性がコインを投げて柱の中央に乗せるのに成功すると手を叩いて喜び、ベルナールに微笑みかけた。

ルーヴル美術館のチケット売り場を通過した時はショックだった。地面からピラミッドが姿を現しているのだ。サンゴバン社のガラスパネルがはめ込まれるのはまだ先のようだったが、構造はすでにでき上がり、鉄の足場が水平に組まれ、サッカラのピラミッドのようだった。ベルナールは帽子を脱いだ。現代性《モデルニテ》が目前にあった。その名を擁護するある一人の男の意思が作り上げた産物。大ルーヴル計画の巨大な工事現場では新石器時代に遡る遺跡が発見され、考古学者たちは失われたパリの遺跡に心奪われた。これらすべては誰によるものか。もちろんミッテランをおいて他にはいまい。ミッテランのグラン・プロジェ、即ちオペラ・バスティーユ、ルーヴルのピラミッド、後ろを振り返ると、ほとんど完成の域に入っていたラ・デファンスの新凱旋門が目に入った。ミッテランは時代に名を刻み、歴史と現在に名前を残すことができた。ルーヴル美術館の前にガラスのピラミッドを置き、パレロワイヤルの中庭にストライプの柱を埋め、凱旋門の一直線上に新たな凱旋門《グランダルシュ》を建てた。これらの構想は完全に因習打破《イコノクラスト》の反保守的な意思によって成し遂げられた。パンクぎりぎりの綱渡り。

巨大な工事現場の囲いには、非常に完成度の高い落書きがされていた。難解で、長い一大絵巻のように複数の人によって描かれている。ベルナールはそのうちの一つに近づいた。それはもう落書きというよりかは絵画と呼んだ方がしっくりきた。バラ色のカバの身体の上に、また別のより小さな青いカバが描かれていて、大きなカバの方はらせん状の電気の舌を伸ばしていた。遠景には、鳥頭の男のシルエットが巨大なリボルバーを手にし、その上に、目を大きく見開いた黄色い猫がとまっている。力強く、予想がつかず、活力に満ちた作品群。何という創造力！　何という想像力だろう！　ベルナールは思った。そして、一大絵巻はナポレオンの中庭（ルーヴル美術館の中庭）をぐるりと囲んでいた。謎めいた現代の長大な作品を観るのに一時間では足りなかった。ベルナールは少し後ずさりをし、ピラミッドの巨大な骨組みを新たに眺める。

これはひどいね、その声にベルナールはキャメルヘアコートを着た灰色のあごひげの男を振り返った。ルーヴル美術館の前にピラミッド、必要ないでしょうに……、男はさげすむように言った。「いいえ、必要だったんです」、ベルナールは興奮を抑えながら言った。「まさにこの場所にピラミッドは必要でしたし、ビュランの柱も必要でした。皆必要だったんです。あなたや、あなたのような人たちはまったく理解できないでしょうけれど、見えていないだけなんですよ！」「ああ、そうですか」、男は叫ぶように言った。「黒い帽子に、スカーフ、そうじゃないかと思ったんです。あちら側の人ですね。まあ、せいぜいしっかりおやんなさい」、男はそう言うなりくるりと向きを変えた。ベルナールは男が遠ざかるのを見ていた。最初は棘のある質問だった。〈ベルナール、あなたは左になったのですか？〉今回はもうすでに峠を越えていた。ベルナールのいた世界の住人たちは、もう彼を自分たちの仲間とは思わなかった。人生は時としてある道へと人を導くが、当人はその分岐点にいることに気づかない。運命という偉大なGPSが決めてくれた経路をたどらない時、帰還不能を示す標識も見当たらない。実存のバミューダトライアングルは神話であり、現実だった。唯一確かなことは、この乱気流にひとたび飲み込まれると、歩んでいた道に戻ることは決してないということだ。他人の目にベルナールはもう左派に映る。地獄とは他人のことだ、左派の偉人サルトルはそう喝破した。正鵠《せいこく》をえていた。地獄とはヴォノワ一族のこと、そして、ジャン＝パトリック・テライユであり、ラルニエ大佐だった。皆、偏狭な精神の持ち主で、慣れ親しんだ岩だけに張りつくムール貝のように、自分たちの信念にしがみついている。ベルナールはつい最近まで信じていたものに攻撃を加え、一つずつそれらが壊れ落ちていくのを見るにつれ、自らの翼がはばたいていくのを感じた。マキアヴェリはこのことをどうやって表現したのだろうか。運命の風や変化に応じて、あらゆる事象に対応していくためには十分に柔軟な精神を持たなければならない、と彼は述べていた。早足でルーヴル美術館のチケット売り場を通り過ぎた時、ベルナールは奥深くで変化が起きているのを感じていた。変化という以上に変身。ベルナールは帽子が飛ばないように手を当てた。すると、その手に力を込めれば込めるほど、自由で解放的な精神に満たされていくのを感じた。遥か遠く、ずっと昔の日に戻ったかのように。思春期の頃、人生がとても長く感じられ、すべてにまだ可能性を感じていた頃に戻ったかのように。

パッシー通りの家に戻ると、妻のシャルロットから、金曜日のジアン氏のアペリティフは中止になったと告げられた。ベルナールはがっかりして、どうしたんだろう。考えを変えたのかな？と聞いた。そうじゃないのよ。もっとひどいのよ、シャルロットは答えた。ジャック・セゲラの家に私たちを招待するって言うの。

ジアン氏は手帳を見間違えていた。金曜日にはばっちり先約があった。その日は広告業界のドンこと、ジャック・セゲラがアンディ・ウォーホルに依頼した肖像画の到着を祝う大きなパーティーが予定されていたのだ。作品はウォーホルの逝去前から一年もニューヨーク・ファクトリーで足止めを食っていた。ジャック・セゲラはようやく自分の肖像画を受け取り、記念イベントを開くことにしたのだ。ジアン氏はやっとのことでアペリティフの招待を受けてくれた隣人になんと言おうかと、午後の間ずっと悩み続け、そしていいアイディアが浮かんだ。一緒に来てもらえばいいんだ。セゲラはノンとは言わないだろう。ジアン氏のこの大らかな発想は二階上に住む家庭に〈夫婦仲の危機〉をもたらした。あちら側の成金にへいこらするなんてまっぴらご免だわ、シャルロットは腹を立てた。私は行かないから、新しいお友達と楽しんでくればいいわ。長男のシャルル＝アンリが代わりに行っていいかと尋ねたが、金曜日は社交ダンスパーティー《ラリー》があるでしょ、と母親にぴしゃりと言い返されていた。それから金曜日までずっと家族の誰も、その話題に触れなかった。シャルロットの嫌味たっぷりのいやらしい眼差しのもと、ベルナールはグレンチェックのスーツを着、バーバリーのトレンチコートに袖を通して、黒い帽子をかぶった。「じゃあ行くよ」、彼はそっけなく言った。シャルロットは本を膝に下ろして、夫が家を出ていくのを何も言わずに見ていた。ベルナールは二階分の階段を降り、ジアン家のベルを鳴らした。妻は風邪をひいてしまって……、たいしたことはないんですが。

コンバーチブルのロールスロイスがパリの大通りを駆け抜けた。髪を風になびかせながら、物憂げな眼つきのジアン夫人は後部座席に座り、六〇年代のえも言われぬ美貌とカリスマを兼ね備えたイタリア女優を彷彿とさせた。ジアン氏がカーステレオにシルバーディスクを挿入した。レーザー音。エレキギターとハープシコードの合成和音がロールスロイスに鳴り響いた。イマージュというロックバンドの曲ですよ。長女の友だちなんです。この前、TOPチャート50の一位になった歌ですよ、ジアン氏はシガーを嚙みながら言った。ロールスロイスは赤信号を無視して急ハンドルを切ると、ベルナールに笑みが浮かんだ。驚きの笑み、茫然自失の笑み。彼はもう何十年もこうして笑っていなかった。いや、おそらく今までに一度だってなかった。〈彼らは夜の果てに私を連れて行く／夜中のデーモンに〉、もう名前を忘れてしまったロックグループはそう歌った。曲のリズムは立ち並ぶアパルトマンや星のないパリの夜空を揺さぶった。ジアン氏は頭を軽く揺らしながらテンポに合わせ、ベルナールはもはやロールスロイスがアスファルトの上を走っていることすら忘れた。車のヘッドライトは暗闇に浮かぶ歓喜の小さな炎のようだった。若さを謳歌する夜、無数のパーティー、自由の夜、禁断の夜――それは夢の中でしか味わえない夜に似ていた。チャート一位のグループの曲に包まれ、何でも最低三十パーセントの値引き交渉から始める男の運転するロールスロイスに乗り、広告業界の帝王に向かって走っていた。勝ち組だけの世界。

約束の場所に近づけば近づくほど、周りの車種が変わっていった。車という車はポルシェ・カレラ、ロールスロイス・シルバースパー、ランボルギーニへと変わっていき、まるで目的地の大豪邸が磁場をつくっているかのようだった。二人のセキュリティのガードマンが礼儀正しく招待状の提示を願い、名前と名簿の一致を確かめると鉄門が開いた。大理石の玄関ホールに入ると、彼らはコートと所持品を長い脚をこれ見よがしに見せているクローク係の若い女性に預け、ロックっぽい音楽に連れられて奥へと進んでいった。たぶんドイツ語の曲で、強烈なリズムのポップスのようでもあり、さびの部分はベルナールの耳に〈ロック・ミー・アマデウス〉と聞こえた。巨大なパーティー会場では、三百人近い数の人がシャンパーニュグラスを手に賑やかに談笑していた。黒縁メガネをかけた白いシルクのスーツ姿の二人のサックス奏者が金箔のキューブに乗って曲調を変えながら演奏し、天井付近では惑星大の巨大なミラーボールがくるくると旋回していた。ガソリンスタンドの赤いユニフォームを着たホールスタッフがプチフールのプレートを運んできた。彼を紹介しますよ、ジアン氏がそう言うと、人ごみの中に入っていった。海藻のようなしなやかさで腰をくねらせて歩く若い女性たちは、ライオンヘアにブルーのメッシュを入れ、そのほとんどが片方の耳だけにイヤリングをつけていた。首の後ろに髪を束ねた男も多く、何人かはジャケットに〈俺の友だちに手を出すな〉（反人種差別市民団体〈SOSラシズム〉のスローガン）と書かれた小さな黄色い手のバッジを目立つように張りつけていた。突然、ジャック・セゲラが彫刻家のセザールと一緒に目の前に現れた。セザールの背は小さく、ひげにはカールがかかり、まるで花が咲いているかのようだった。セゲラはパープルのジャケットの中に黒いタートルネックを合わせていた。彼は両手をセザールの肩に置きながら、セザールがどのようにして飲料水の缶を圧縮し〈芸術作品〉に仕上げたのかを周りの人に説明した後、ジアンの方へ視線を投げた。「いらしたね」、セゲラは日焼けしたほお骨を膨らませて微笑んだ。すると今度は「やぁどうも、お美しい方」、セゲラはそう言ってジアン夫人に近づくと首の辺りに長いキスをした。「ラヴァリエールさんです」、ジアンが紹介した。「ようこそ、いらっしゃいました」、シトロエン自動車広告の製作者が言った。「シャンパーニュ……ここ、シャンパーニュ！」、セゲラが大声で叫ぶと赤いユニフォームがやって来た。「すぐ戻ります。家内をよろしく」、ジアンはラヴァリエールにそう言ったが、彼女は別のグループの方へと離れていってしまった。時代を作っているのはここだ、今こそ、時代の中心にいる、ベルナールは思った。シャンパーニュが少しこぼれて上着を濡らした。「ごめんなさい」、ベルナール・タピがラヴァリエールの肩に触れて言った。染みにはならないでしょう。乾杯！ベルナール・タピは満面の笑みでそう叫んだ。ベルナール・ラヴァリエールはもう一人のベルナール――カーレーサーであると同時に、歌手、実業家、自転車競技チーム、サッカーチームのオーナー、テレビキャスター、そしてもうじき政治家になるこの男――のシャンパーニュグラスに自分のグラスをぶつけた。ベルナールは自分が完全に時代とずれた人間であることを感じた。イベルナテュス（エドゥアール・モリナロ監督作品『イベルナテュス』（一九六九）の主人公。北極で六十五年間冷凍状態にあったイベルナテュスが引き起こす様々な事件をコミカルに描く）よりもっとひどい……彼はジアンをもう見つけられないんじゃないかと心細く思いながら、人ごみの奥深くへと進んで行った。

　ウォーホルの描いた肖像画を持つなんてすごくない？　黒いTシャツにスーツの上下、指先にはタバコ、この男を以前どこかで見たような気がするが――たぶんテレビだった――、ベルナールは名前を思い出せなかった。中学生のような髪型にゆがんだ笑い方。「そうですね。すごい特権」、ベルナールは短く返事をした。「その通りですよ」、その男は相づちを打った。「『すごい特権』、その表現いいですね」、その男はそう言うと遠ざかりながら白髪を後ろに束ねた男に向かって「わかるかい、ウォーホルの描いた肖像画を持つっていうのは、すごい特権なんだよ」と言うと、白髪の男は頷いた。ベルベット張りの台座に置かれたウォーホル作品は防弾ガラスに守られていた。オレンジと白で描かれた広告界の寵児の顔が四つ並んでいた。赤と紫の幾何学模様が幾重にも折り重なり、美しいプリズム効果を起こしていた。「アルディソン（テレビの人気キャスター。作家、映画製作者）もそうなんですが、あなたもウォーホルにぞっこんですか」、ベルナールが振り返ると白髪交じりのひげを整えたやせ型男がいた。「わかりません」、ベルナールは改めて作品を眺め、それから平静を装いながら言った。「もう、ちょっと古いですよね、ウォーホル。違いますか」。すると、その男はベルナールをしげしげと眺めた。ベルナールはビュランの柱、ルーヴル美術館のピラミッド、工事現場の囲いの落書き、その斬新な形態や描かれたカバについて熱く語った。彼は説明をしながら自分が何度も〈急進的〉という単語を使っていることに驚いた。「私も大規模工事を始めるつもりなんです」、彼は三杯目のシャンパーニュを飲みほすとそう締めくくった。「あなたに必要なのはバスキアです」、三日分の長さのひげに整えたその男が重々しく言った。「ジャン＝ミシェル・バスキア、ご存知ですよね」。ベルナールは首を振った。「まだ買えます。これが私のギャラリーの名刺です」「またバスキアのことを話してるのかい」、別の男が割り込んできた。するとまたすぐにもう一人の別の男がからかうようにシャンパーニュグラスを揺らしながら加わった。「この人たちの話は聞かない方がいいですよ。美術館の人たちだから」。議論が活発に始まった。ベルナールの理解するところによると、〈エポック、モード、モラル、パッション〉というテーマのもとに企画された展覧会がポンピドゥーセンターで予定されていて、それは一九八〇年代の現代アーティストにスポットを当てるための展覧会だったが、バスキアの作品を展示すべきだとは誰も思っていないようだった。「恥をかきますよ！」三日分のひげ男が言った。三人がこの謎めいた画家について頭を悩ませている間、ベルナールは新たにシャンパーニュグラスを手に取り、自分の先祖のことを思い出していた。シャルル＝エドワールはやり手には違いなかったが、当時の多くのブルジョワと同じように、印象派の脇を通り過ぎてしまった。たった一つのモネ作品、たった一つのルノワール作品で――もちろんゴーギャンやヴァン・ゴッホ然り――、彼が一生涯かけて集めた遺産の百倍以上の値が今ではつくのだ。モネやルノワールを購入する代わりに、ラヴァリエール家は価値ある絵画を識別できず――推して知るべし――、廃墟の風景画など趣味を疑う作品ばかりをコレクションしていた。耐え難い一枚の絵画の映像が心に浮かんだ。あの壊れた絵画時計。「よし、バスキアを手に入れなきゃ」、ベルナールはシャンパーニュグラスを空にして言ったが、彼の発言に気づいている者はいなかった。「聞いてますか。バスキアの作品を買いたいんです。すぐに、今すぐに」「バスキアに十五万フランですよ。正気ですか?」、美術館の男が言った。「もちろん」ベルナールは答えた。「車を取ってきます。十五分後に戻ります」、三日分のひげ男がベルナールに言った。

サーモンのプチフールを乗せたトレーが目の前を通り過ぎようとした時、ベルナールはその一つを手に取った。スピーカーは〈アンディ〉にイエスと言って欲しい、と歌う女性の曲を流し続けていた。十五万フランは確かに安くはない、しかしもうそんなことは重要でなかった。必要であれば、代々所有の小さなアパルトマンの一つを売ればいい。十五万フランは優に超えるし、その気になればバスキアの作品を何点も買えるだろう。八〇年代を生きながら、その時代を活かすというのはなんて素晴らしいことだろう、ベルナールは生まれてこのかた、こんなに活き活きと感じたことはなかった。ジアン氏がベルナールのところへ戻り、いろんな人と会って大変だったと詫びを言った。「退屈しなかったですか」、と彼は聞いた。「ぜんぜん。絵を一つ買うことにしましたよ」「ブラボー!」、ジアン氏は感嘆の声を上げると、また遠ざかっていった。少し離れたところに、ジャック・ラングがブロンド女性と談笑していた。女は端っこが金箔のソブラニータバコを吸い、たぶん女優か、歌手に違いなかったが、今回もまたベルナールは顔と名前を一致させることができなかった。ブロンドの女性が離れた頃合いを見計らって、ベルナールはビュランの柱のことを話そうと思い、ジャック・ラングに近づいた。柱の上で子供たちが遊んでいたこと、旅行者たちがコインを投げていたことなどを語った。こうしたエピソードは前大臣の耳に甘い蜂蜜のように流れて聞こえた。ジャック・ラングはベルナールをじっと見つめると「政府は変わりゆくが、暮らしの変革はより強く残る」と言った。彼は荘厳で、かつ心の通じた同志のような笑みを湛えると、ベルナールの腕に手を置いて続けた。「すべては当時の意義深い仕事の結果です。創造力が漲っていました。私の今やっている『アロンジデー』（多様な文化活動を行っている人々を支援するためのキャンペーン）という活動があります。ぜひ加わって下さい」、ジャック・ラングはポケットから〈ウォーホルスタイル〉の、自分の顔がステッカーになったものを取り出した。すると招待客の一団が大臣の方に押しよせ、気がつくと、ベルナールはまたジャック・セゲラの隣にいた。金はアイディアを持たない。アイディアが金を作るだけだ……我々の仕事は、アイディアを作り出すことだ、セゲラは語っていた。ベルナールが出口に向かって進んでいくと、セルジュ・ジュリの身体に軽くぶつかった。彼は禿げ男に向かってこう言っていた。「どこで文化が始まって、どこで広告が終わるのか、もう誰にもわからない」。ベルナールはクロークで服を受け取ると、バーバリーのトレンチコートに袖を通し、頭の上に帽子を乗せた。帽子の縁を指で撫でてから、最後にホストに別れを告げるために人々を押し分けて進んだ。「一つのイメージが千の言葉を凌駕する、毛沢東」、ジャック・セゲラは自分に心酔する若者グループに向かって話しかけているところだった。彼はベルナールに視線を向けた。眩い天才的な発想で財をなしてきたこの男は、とっさに一つのひらめきを見せた。「ミッテランの帽子だね！」、セゲラは指でフェルトを確かめながら叫んだ。

〈静かな力《ラ・フォルス・トランキーユ》〉というミッテランの選挙スローガンを作ったことで有名なセゲラの冗談に、集まっていた皆が笑った。

　ギャラリーのオーナーが蛍光灯を点けると、明かりが安定するまでしばらくパチパチ点滅を繰り返した。ベルナールは帽子をかぶっていた。ポケットに手を入れ、相手がバスキア作品を運んでくるのを待っていた。「どうして美術館に置いてないんですか」、ベルナールは尋ねた。「若くて、黒人だからです」、オーナーは言った。おまけに黒人、ベルナールは考えこんでしまった。「ご覧下さい、バスキアです」、オーナーは壁にかけられた、額に囲われた小さな写真を指して言った。髪の乱れた深い眼差しの若い魔法使いの顔があった。「ジャン＝ミシェルというのはフランス人の名前ですよね」、ベルナールは聞いた。「そうです。ハイチ出身です」「フランス語はできるんですか」「彼が話したい時には」、オーナーは笑みを浮かべてそう言うと、三つのカンバスを取り出した。ベルナールは枠の裏側しか見られなかった。「目を閉じてください。天才の誕生を知らせる作品を観る準備は宜しいですか」

三つのカンバスにはルーヴル美術館の囲みの落書きと似た何かがあったが、バスキアの作品には未だかつて感じたことのない、原始的であると同時に、都会的な力があった。ベルナールは十八世紀の風景画に囲まれて育ち、このような衝撃に完全に無防備だった。カンバスにはっきりと表出していたその力はほとんど放射能に近かった。線、輪郭、小型飛行機、二重線で消されたフレーズが、五千年後に再発見されるかもしれない、失われた文明――すなわち、現在の我々の文明――のぼやけたメッセージのように思いのままに爆発していた。カンバスの中には人類の原初の儀式から届く、はるか彼方のメッセージが封じ込められていた。時代の奥底からやってくる祝祭の呪文、埋葬時の魔術の説教は、飛行機の騒音やパトカーのサイレンと混じり合った。仮面をつけたかのような黒焦げの男たちが鑑賞者をじっと見つめる一方で、おもちゃのような幼稚な飛行機が、頭のイカレタ人に引っ掻き回されたスクラブル（単語を作成して競い合う米国発のボードゲーム）から出て来た言葉にぶつかりながら空を通過していた。ベルナールはしばらくの間、作品の前で沈黙していた。蛇と対面して催眠術にかかったネズミのように視線を逸らすことができなかった。

　決定的な断絶があった。今までのベルナール・ラヴァリエールとは違うもう一人のベルナール・ラヴァリエールが、今夜、現代アートギャラリーの冷たく湿ったセメントの壁の間で誕生した。たとえベルナールの家族や親しい知人にとって、ジャン＝ミシェル・バスキアの作品が吸血鬼に陽を向けるのと同じ効果をもたらすことが自明であったとしても、リビングの壁に〈それ〉を置くことは新たな始まりを知らせる象徴的な行為だった。時代と向き合う博識な一人の男の第一歩。作品の名前はなんですか？　ベルナールは丁重に尋ねた。画商が左から右の順に紹介した。

〈サングル・コルピュス（Sangre Corpus）〉、〈ワックス・ウィング（Wax wing）〉、そして〈ラジウム（Radium）〉。

三つ全部買いますから、三十パーセント値引きにしましょう、ベルナールが言うと、十五パーセントなら……と画商は答えた。

翌週、ベルナールは文字通りに、そして象徴的な意味においても、大規模工事を開始した。急進的なこの変化は塗装工の来訪と共に始まった。妻の恐れおののく眼差しのもと、天井のモールディングは撤去され、壁紙がはがされ、真っ白なペンキが塗られた。競売場ドゥルオ（パリ九区ドゥルオ通りに位置するパリ最大規模の競売場。フランスのみならず、国際美術界の中心的役割を担っている）の取次業者が家具を引き取りにやって来た。ベルナールはルイ十六世様式のタンス、明王朝の二つの花瓶、狩猟の守護神ダイアナと小鹿を象る金箔のブロンズの掛け時計、ルイ十三世様式の小さな家具、ルイ＝フィリップ様式のスツールと同時代の開閉式テーブル、それらが次々に家の外へと運び出されていくのを見ても何の悔いもなかった。ほどなくして、十八世紀の廃墟を描いた風景画、上空を見上げる女性のパステル画、オービュッソンのタペストリー、シャルル十世様式のクリスタルシャンデリアとも別れを告げた。ベルナールは喜びを隠そうともせず、絵画時計を遠慮なく売ってくれと頼んだ。シャルロット・ド・グラモンとして生まれたシャルロット・ラヴァリエール夫人は実家から受け継いだ家具を自分の部屋に避難させた。残りのすべては競売場に出されていった。この用意周到な大惨事を生きながらえた唯一のものが、一八八三年作のシャルル＝エドワール・ラヴァリエールの肖像画だった。そしてある日の朝、この肖像画に描かれた先祖の目が大きく見開かれる中、ジャン＝ミシェル・バスキアの作品が到着した。シャルロットは離婚を誓ったが、実行に移すことはしなかった。ベルナールは譲歩して、家のリビングに一つ、もう二つはアクサ社の彼の部屋に置くことを決めた。これらの作品は長期に亘る連作の初期のもので、ベルナールは新たな絵画収集熱を満足させるために、先祖から譲り受けた小さなアパルトマンを売りに出した。財界で心配する通りに左派がもし一九八八年にまた政権を奪うとしたら、ベルナールは大事な切り札になるだろう。彼は社会主義者じゃないか。一部で早くもその噂が流れていた。「もちろんだよ。生え抜きのミッテラン主義者さ」、と答える者もいた。アートへの思い入れが仕事に影響を与え始めていた。社内ではあっという間に、ベルナールが時代の最先端を行く人物として知られるようになっていた。『ヴォーグ』や『エル』など雑誌の〈ピープル〉欄では、多種多様な展覧会のオープニングイベントでアーティストたちと一緒にいるベルナールの写真がよく紹介された。彼の秘書はいち早くそれらの雑誌を社員に見せて悦に入った。ジャック・ラングや俳優ピエール・アルディティのような有名人の横で、ベルナールはシャンパーニュグラスを手に微笑んでいた。彼は高名なプロデューサー、クロード・ベリとも馬があった——ロバート・ライマン（ミニマリズムの米国の画家）のモノクロームに関しては意見がまったく合わなかったが。ベリはある日の午後、ベルナールをゲンズブール邸に連れて行った。ゲンズブールは絵画については意外なほど保守的な意見の持ち主で、クラナッハ（ルネサンス期ドイツの画家）の裸体をアート史の最高峰に位置づけるなど、ベルナールとそりが合わずにぶつかった。

ある朝、ベルナールが〈リベ〉を買いに出かけると、突然予期せぬ、まったく奇妙で馬鹿げた事件が起きた。アンドレ・ブルトンによって定義づけられた運動についてまるで知らないジャーナリストが「シュールレアリスト的」と名付けたがるような事件が起きたのだ。帽子が盗まれたのだ。その行為はほんの数秒の内に実行された。あんまり素早かったので、ベルナールは正気を失い、叫ぶことも、犯人の後を追いかけることもできなかった。彼は歩道の上でわずかに髪を乱し、ただ呆然とその場に立ちつくしていた。

ダニエル・メルシエはXV・ド・フランス（フランス国家代表ラグビーチーム）のメンバーになったような気がした。いまだかつて、こんなに速く、そして長く、全力疾走したことはなかった。どこかの家の両開きの表門前で立ち止まると、呼吸を整えた。帽子を眺め、大統領のイニシャルをすぐに確認した。内側の革のバンドにちゃんとあった。よし、これで間違いない。ダニエルはやっと帽子を取り戻したのだ。数か月にも亘って、持てる力を総動員して探した結果、ついにたどり着いた。

ピエール・アスランから最後の手紙を受け取ると、ダニエルは調香師がブラッスリーで帽子を失くした夜の経緯をまとめてみた。要は、B. L. というイニシャルの男がミッテランの帽子を持ち去ったのだ。ダニエルはブラッスリーの住所と、その夜の日付を突きとめた。鍵になるのがブラッスリーの予約客名簿だった。テーブルを予約するために客は自分の名前を名乗る必要がある。名簿にはB. L. のイニシャルを持つ謎の人物の名前が残っているはずだ。ダニエルはこの事件を解決するための相棒役の妻に、自分のたどり着いた考えを話してみた。すると「あなた、この帽子のこととなるとほんとおかしくなるわね」、ヴェロニクは言った。「やり抜きたいんだよ。ほんの少しでも可能性のある限り。試さなきゃ」、彼は答えた。土曜日の朝、ダニエルは車に乗り込むと、パリに向かった。ピエール・アスランから教えてもらった住所に向けて。パリに到着すると、ブラッスリーが皆よく似通っていることに気がついた。大きな赤い日よけ、外の牡蠣売り場、白いエプロンを巻いた店員。ブラッスリーの支配人はボルドー色の長方形の大きな革の予約客名簿を開いた。ダニエル・メルシエ様……はい、十五番テーブルです。お客様をお連れして。喉から手が出るほど欲しいものを持っているのは、白髪の五十代の支配人で、素直に話を聞いてくれそうにもなく、下手に操ろうとすればこちらが失敗するように思えた。高速を走っている間、ダニエルはずっとブラッスリーの予約客名簿を見るための方法をあれこれ考えていた。一番単純なやり方は支配人がレジの近くで名簿を開いている隙を利用するもので、一番リスクの高いやり方は名簿を力ずくで奪い取り、猛ダッシュで逃げ去るものだった。後者のやり方について考えていると、ダニエルはすぐ、いつもドタバタ早足の追跡劇でエピソードの幕を閉じる『ベニー・ヒル・ショー』（イギリスのコメディ番組）のエンディングのように、ウェイター連中に追いかけられるシーンを連想した。彼は支配人を買収することまで考え、実際に銀行から五百フラン札を引き出していたが、イギリス人夫妻をもてなす支配人の振る舞いを見る限り、決して金を受け取らないように思えた。ボルドー色の革の名簿がダニエルをあざ笑うかのように何度も目の前を通り過ぎた。ほら、すぐ近くだよ。支配人の手の中さ。君は決して開くことができないけどね。

ダニエルはいったん落ち着こうと、牡蠣十二個、プイィ・フュイッセのボトル、それにアネット風味のサーモンを注文した。最初のグラスをひと息に飲みほした。よく冷えたワインが気持ちを少し楽にしてくれた。解決策はきっと見つかるだろう。それが何なのかはわからないが、何の手がかりも持たずにここを出ることはないはずだ。小さじ一杯のエシャロット・ビネガーが乳白色の牡蠣に広がっていくと、ダニエルは息をしばし止め、平たい小さなフォークを使って殻から身を切り離し、口に運び、目を閉じた。ビネガー混じりのヨードが有郭乳頭に達するや否や、あの声が、初めて聞いた時と同じくらいはっきり聞こえた。「私は先週それをヘルムート・コールに言ったんだが……」。大統領と〈一緒に〉夕食をしてからというもの、牡蠣にビネガーをかけて食べるたびにあの声は現れた。

最後の牡蠣を飲み込むと、ダニエルはバーの方を見た。ランチでない客が『ル・パリジャン』に目を通しながら、コーヒー、キール、ソーヴィニヨンなどを飲んでいる。何人かは常連に違いなく、若いバーテンダーと握手を交わしていた。短髪、ブロンドのバーテンダーは二十二、三歳以上には見えず、カウンターの常連に白ワインを注いだり、ブラッスリーのホール向けにコーヒーやピッチャーを準備したりしていた。彼は新人だろう。給料も安く、それに、ホールのウェイターがもらえるチップの恩恵にもあずかれていないはずだ。よし、あの男がちょうどいい、ダニエルは彼から目を逸らさずに思った。あの男なら、五百フランを受け取るはずだ。ボルドー色の革の名簿に近づくためのトロイの木馬は彼しかいない。

ダニエルはランチの支払いを済ませると、銀の受け皿に十フランのチップを置いて立ち上がった。そして大きく深呼吸をしてからバーへと歩いて行った。カウンターにいる二人の客がそれぞれキールと生ビールを飲み終えようとしていた。ダニエルはスツールに腰を下ろすと、『ル・パリジャン』を開いて読む振りをした。「お客様、何にいたしましょうか」、バーテンダーが聞いた。「コーヒーをお願い」、ダニエルは二人のカウンターの男が姿を消すまでの間、別の新たな客が現れないことを願いながらエスプレッソを極力ゆっくり飲んだ。生ビールを飲んでいた男が立ち上がり、何も言わずにいなくなると、しばらくしてキールを飲んでいた男がバーテンダーと握手を交わして出ていった。ダニエルは一人きりになった。「コーヒーをもう一杯お願い」、ダニエルは言った。バーテンダーはポルタフィルターをつかんで、コーヒー豆の粉をそこに落とすと、エスプレッソマシーンの中にぎゅっとはめ込んだ。ダニエルはジャケットに手を入れて財布を取り出した。「いくらになる?」「コーヒーが二つで、八フランになります」。彼は小銭を取り出しながら、こっそり五百フラン札を手に握った。男はコーヒーをテーブルに置くと小銭を回収し、その瞬間、ダニエルはパスカル（五百フラン札に印刷されている肖像画）を大理石のカウンターに置いた。彼はお札に視線を落とすと、ダニエルを見上げ、しばらくじっと見つめた。「二人で何かができる」、ベルナールは訳ありの視線で、確信を持ちながら言った。「いいえ、正直、そうは思いません」、彼はそう答えると、コーヒーマシーンの方へ戻っていった。「十二番テーブル、コーヒー五つ!」、ウェイターがバーテンダーに向かって叫んだ。彼はコーヒーカップを取り出すと、ダニエルのところへ戻って顔を近づけた。「私はゲイじゃないんですよ。わかります?」、彼はささやいた。ダニエルはそれ以外の返答をすべて想定していたが、さっきの行動がナンパと受け取られたことにびっくりして、早く誤解を解かなくちゃいけない、と思った。そしてある考えが浮かんだ。——それは後に天才的ひらめきだったと自画自賛することになる。「私もゲイじゃありません。私立探偵です」、ダニエルはそう答えている自分の声を聞いた。バーテンダーがダニエルを振り返った。疑っているような、感心しているような笑みが同時に浮かんだ。その瞬間、ダニエルは勝利を確信した。このベールに包まれた神秘の職業が相手に、映画か、あるいは連続テレビドラマのワンシーンを思わせているに違いなかった。彼はコーヒーの準備を忘れて言った。「本当ですか？」「もちろん。このブラッスリーの予約客名簿が欲しい。協力してくれたら、このお金はあなたのものだ」、ダニエルは言った。「わかりました」、彼は近づいて答えた。「ほら、コーヒー五つ、いつ出るの？」、ホールのウェイターの叫ぶ声が響いた。

ダニエルは愛読書の『私立探偵ネストール・ビュルマ』（推理作家レオ・マレ著。フランス初の私立探偵ものとして知られる）、そして、カナル＋で妻のヴェロニクが欠かさず見ていた『探偵マイク・ハマー』のエピソードを思い出した。ステイシー・キーチ扮するマイク・ハマーが私立探偵だと名乗ると、相手の気をすぐに惹くことができた。フィクションで起きていたことが、現実でもうまくいった。アメリカのハマーにせよ、フランスのビュルマにせよ、二人の探偵がフェルト帽をかぶっていたことは、ダニエルにとって良い兆しに思われた。「なんとかやってみます。夜の七時にまた来てくれませんか」、セバスチャン——バーテンダーの名前は銀のブレスレットに彫られていた——は言った。自分の役に酔ったダニエルは、今夜残りの半分を渡すよと言いながら、お札を半分に切って渡した。その後、ダニエルはパリ市内でのどかな午後を過ごした。ファニー・マルカンがベンチに帽子を置いたと書いていたモンソー公園にも足を伸ばした。ベンチに座り、バルベック賞を取った彼女の短編小説を思い出した。あの物語には続きがあったが、作家ファニー・マルカンはそのことを知る由もなかった。

七時ちょうどに、ダニエルはブラッスリーのドアを開き、カウンターに向かった。三人の男がちびちび飲んでいて、セバスチャンはグラスを拭いていた。ダニエルとセバスチャンは互いに目くばせをした。コーヒーをください、ダニエルは言った。彼は布巾を肩にかけるとポルタフィルターをつかんで、コーヒー豆の粉をそこに落とし、エスプレッソマシーンの中にぎゅっとはめ込んだ。蒸気の鳴る音が響き、セバスチャンはバーの棚へ手を伸ばすと、『ル・パリジャン』を手に取ってダニエルに近づいた。「二十一ページです」、彼はそう耳元でささやくと、グラスの並んだ棚の方に戻った。ダニエルは息を飲んで新聞を広げる。十二、十八、二十一ページ……名簿の一枚のコピーが挟んであった。うまくいった。視線がリストにある名前をなぞっていく。B. L.の名前はどれだろう……支配人が書いた名前の中で最初に目に飛び込んできたのが〈アスラン——三名〉。続いて別の名前。あの文字で始まらない。もしかしたらB. L.も、大統領と会ったあの夜の自分と同じように予約をしていなかったのかもしれない。手がかりがなくなれば、終わりだ……しかし幸運にも〈ジャック・フランキエ——二名〉と〈ロビノー——五名〉の合間に、下の名前は書いていなかったが、Lから始まる苗字〈ラヴァリエール——四名〉を見つけた。ダニエルは予約名簿のコピーを折り畳んで、ポケットに忍ばせた。そして五百フラン札の半分をこっそり取り出すとさりげなく新聞に挟んで閉じた。セバスチャンがコーヒーを運んでくる。「二十一ページ」、ダニエルは明るい声でそう言うと「よくやったな、若造」と続けた。というのも、私立探偵ならそう言っただろうから。

家に戻ると、ダニエルはミニテルで12を押した。ラヴァリエールという苗字の持ち主は三名だけだった。パリ八区に住むグザヴィエ・ラヴァリエール、七区に住むエレーヌ・ラヴァリエール、そしてパリ近郊に住むジャン・ラヴァリエール。他にもラヴァリエールの姓を持つものはいたが、皆、電話番号掲載不可にしていた。ダニエルは書斎に閉じこもり、ルーアンの街を眺めながら窓際に立ち尽くした。ビジネスで何かうまくいかないことがあると、ユーイング家の石油タワーからダラスの街を困った様子で眺めていたJ. R.（アメリカのTVドラマ『ダラス』の主人公）のように。連続ドラマの主人公と違い、ダニエルの書斎には飲み物を作るミニバーがなかった。J. R. はたいていエピソードの終わりにさしかかると、ウィスキー・オン・ザ・ロックを手にしながらキレ味鋭いアイディアを思いつくのだ。カメラはしばらく固定し、J. R. の氷の微笑を映し続け、やがて〈製作総指揮　フィリップ・キャピス〉と黄色で書かれた字幕が現れる。ダニエルはため息をついてソファに座った。テレビは点いたまま、音は消され、ポマードをたっぷりつけたワルのジャン＝リュック・ラエ（フレンチポップ歌手）が地球上のすべての女性に向けて愛を歌っていた——ダニエルが〈書斎〉

と呼んでいたところは、実は毎週土曜日には、家族皆が集まって機内食のような簡単な食事を取りながら、バラエティー番組『シャンゼリゼ』を観るリビングの役割を果たしていた。ダニエルはリモコンのスイッチを押して画面を消した。Bから始まる名前を持つ、正体不明のラヴァリエールという人物を見つけ出す可能性は完全に閉ざされたかのように思われた。その瞬間、暗闇の中に舞う蛍の光のようなかすかなアイディアの萌芽が感じられた。ダニエルは書類の中からピエール・アスランの手紙を取り出した。ピエール・アスランは「よく似た帽子」と書いていた。つまり同じもの、ダニエルはつぶやいた。その時、息子がザクロジュースを手にしながら書斎に入って来た。『ナイトライダー』（アメリカの人気特撮ドラマ）の時間だよ、息子は言った。そうだったね、坊や、ちょっと待ってね、ダニエルは帽子屋の名前を思い出しながらミニテルのキーボードを打った。するると情報通信画面に住所と電話番号が映し出された。

もしもし、ダニエルは明るい声で言った。「おたくで帽子を買っているものですが、ラヴァリエールと言います。住所変更をお伝えしたかなと思いまして」「まだお伺いしておりません。リストを持って参りますので、少々お待ちくださ い」、若い娘が答えた。数分が流れた。その間、ダニエルはジェロームが置いていったザクロジュースを飲みほした。そしてネクタイを緩めると、若い娘がふたたび電話に出た。「もしもし、探しますね……ラヴァリエール様ですと……ベルナール・ラヴァリエール様でお間違えないでしょうか？」彼女がそう言うと、ダニエルは気を失いそうになった。「はい。住所はどうなってますか」、ダニエルは早口で言葉を発した。「はい、お客様、十六区のパッシー通り、十六番地になっています」。ダニエルは急いで受話器を置くと大きく深呼吸した。「よしよし、わかったぞ、わかったぞ……」、彼はそうつぶやき、グロッキー状態のままソファに身体を投げた。「ねぇ、始まるよ！」、ジェロームが叫んだ。彼はテレビから一メートル離れて、絨毯の上に座っている。ダニエルはボリュームを上げた。薄紫の砂漠を背景に、デビッド・ハッセルホフの乗るポンティアック・ファイヤーバードが画面の奥から視聴者に向かって迫ってくる。心に響くシンセサイザーの曲が流れ、画面の外から声が届く。「危険に満ちた世界の孤独な騎士の偉業。現代の英雄。希望を失った無垢な者たち、残酷無慈悲な世界に虐げられた者たちの最後の救世主」。クレジットタイトルが、黒い車が驚くべき離れ業で空に飛び立つシーンにときおり現れる。緊張感を煽るテーマ曲のテンポに合わせて、ジェロームは夢中で小さく頭を揺らしていた。ダニエルもまた曲と人工知能スーパーカー〈K.I.T.T.〉の偉業に刺激され、リズムに合わせて頭を小刻みに揺らし始めた。もちろん孤独な騎士にかなうものなんていない。ダニエルは今、そのことを確信していた。

翌週末、孤独な騎士は一人で首都に向かって出発した。黒のレーシングカーよりはいくぶん控えめなアウディ５０００に乗り込んだ。ダニエルがパッシー通り十六番地の前で張り込みをしていると、暗い色のコートを着て、黒い帽子をかぶった男が外へ出てくるのが見えた。ダニエルはキオスクまでぴたっと跡をつけた。男は『リベラシオン』を購入した。赤信号で止まると、ダニエルは男からわずか数センチの距離にいた。目を飛び出させんばかりに、フェルト帽を凝視する。

よし、あれだ、間違いない、ダニエルは帽子を熟知していた。皺のより目がわずかにすり減っている。ダニエルは、その時、帽子に手を伸ばして力ずくで奪い取り、猛ダッシュで逃げなくてはならなかったのだが、できなかった。両足が鉛のように重くなり、手を上げようとするとわなわな震え始めた。感情があまりに高ぶり、ベルナール・ラヴァリエールが横断歩道を渡り始めた時には一歩も動けなかった。彼は歩道に両足を吸いつかせ、パッシー通り十六番地に向かうベルナール・ラヴァリエールの姿を目で追うのが精いっぱいだった。

その夜、ダニエルは恐怖に打ち勝っていた。やっと成し遂げた。ミッテランの帽子を取り戻したのだ。彼は自宅の両開きの表門に寄り掛かって呼吸を整えていた。頭にはフェルト帽をかぶり、目を閉じた。力と名誉をもたらす、あるいは、ただ単に高邁《こうまい》なチャレンジ精神を引き起こす、金のリンゴ、もしくは魔法の石を手に入れるために、王国を抜け、山を越え、河を渡り、森をくぐる、童話の主人公のように、ダニエルはありとあらゆる障害を乗り越えて勝利したのだ。

手を水上に滑らせていた。水面に指を置くと、アドリア海の濁りのない緑の流れに筋ができた。黒い船体が街の四百二十ある橋のうちの一つの下を静かに通り抜ける時、ダニエル、ヴェロニク、ジェロームの三人は影に沈み、そしてすぐに陽の光の下に戻った。十二年前、新婚旅行で行ったヴェネチアに、もう一度行きたいと思ったのは帽子探しの最中だった。もし帽子が見つかったらヴェネチアに行こう。そして、それがこの冒険談のエピローグになるだろう、ダニエルはそう考えていた。彼はドガーナに面したテラスがある新婚旅行の時と同じホテルに泊まることを決めていた。しかし今回はジェロームが一緒だった。彼は人間の腕ぐらい太い鉄格子のあるドゥカーレ宮殿内の牢獄に興味津々だった。ヴェネチアに着いてからこれでもう二度目のゴンドラだった——この移動手段は値が高すぎるので慎重に利用すべきだろう。帽子をかぶったダニエルが最初に降りると、ヴェロニクに手をかした。その間、ジェロームはダイレクトに岸に飛び移った。サン・マルコ広場に面したカフェ〈フロリアン〉で少し休む予定だった。三人はヴァッラレッソ小路を上り、コッレール美術館のアーチをくぐった。ヴェロニクは前日、その美術館でカルパッチョの有名な『二人のヴェネチア婦人』をもう一度見たがっていた。この偉大な画家の名前は確かに、パパがピザ屋で時々注文する生肉の料理と一緒だよ、ジェロームに説明する絶好のチャンスだった。するとジェロームは聞いた。カルパッチョがその料理を好きだったから、その名前を料理につけたの？　そうだよ、彼は行きつけのピザ屋で有名人だったんだ、父親はそう断言した。

その日、三人がその広場を通るのは初めてではなかった——ヴェネチアでは、すべての道が水上の街の中心部に人を誘う。ここに来るたび、夢の中を歩くようだった。せわしく動く小さな鳩のシルエット、その影、そして太陽。三人が〈フロリアン〉の方へ向かっていると、ヴェロニクがダニエルを肘でつついた。ダニエル……、彼女は息を飲んだ。あそこにいる人を見て。フランソワ・ミッテランが女性と一緒に広場を歩いていた。栗色の髪を長く伸ばした女の子が女性の後についていた。ミッテランはコートをまとい、赤いマフラーをしていたが、帽子はかぶっていなかった。鳩が彼の行く先で飛び立った。大統領が現れたことで、呆然と固まっていたのはダニエルだけではなかった。偶然近くにいた男が大統領に微笑みかけると、彼はわずかに頭を傾げてそれに応えた。それから光の射し込む広場を離れ、行政館の回廊の下へ遠ざかっていった。目の前にいたのよ、私たちと同じところに、ヴェロニクはつぶやいた。ダニエルは帽子に手を伸ばすと、やさしく端を撫でた。帽子と大統領がわずか数メートルの距離にまで接近したのだ。この考えにとらわれたダニエルはカフェ〈フロリアン〉のテラスでコカコーラを飲んでいる間ずっと落ち着かずにいた。

まったく馬鹿げている。フランソワ・ミッテランが別の黒い帽子を購入する方法はいくらでもあっただろうし、実際にそうしたはずだ。帽子なんてたくさん持っているはずだ——買った帽子をもうすでに失くしているのかもしれないし、あるいは、古くなって捨てたのかもしれない。しかしだ、フランスを代表するシルエットに何かが欠けているように感じられたのも事実だった。ダニエルがミッテランから帽子を奪った行為は、ルクソール神殿やアクロポリスのかけらを自分の部屋の棚に置きたいというくだらない理由からポケットに忍ばせる観光客と同じように、身勝手で許しがたい行為ではなかっただろうか。そうした旅行者は罰せられることもなく、何の権利もなしに、聖なるかけらを持ち去っていくのだ。ダニエルはいまだかつて感じたことのない、収まりの悪い感情にとらわれた。それは大事なものを壊してしまった時の感情にも似ていた。

午後、彼らはボヴォロを訪れた。ボヴォロという名称はイタリア語のカタツムリの意味でコンタリーニ宮殿の外階段を指す。クワトロチェント時代（中世が終わり、十五世紀の初期ルネサンスから盛期ルネサンスにかけての時代）の代表的なその建造物は複数のアーチや細い支柱で造られ、七階建てのらせん構造をしていた。最上階に上がると風にほおを打たれながら、ヴェネチアの屋根を一望できた。覚えてるかい、ダニエルは短い階段を上がり始めると言った。「小さい馬のこと……」、ヴェロニクは微笑んだ。十年以上も前、二人はムラーノ島を訪れた後にボヴォロに上っていた。ムラーノ島では、職人が目の前でガラスの小さい馬を作ってくれ、お土産にプレゼントしてくれた。そして、その日の午後、ボヴォロにガラスの馬を隠したのだ。階段は梁を渡した丸屋根で終わっていて、つま先立ちすれば手で梁に触れることができた。腕を伸ばして梁の上を手探りで探ってみると、一枚のコインに触れ、そしてもう一枚、キーホルダー、記念ブローチ、それから世界中のコインに触れた。ヴェネチアの恋人たち、束の間の恋人たちが、自分たちの足跡として、ポケットを空にするみたいだ。ダニエルは小さなガラスの馬を取り出すと梁の上に置いた。

若い二人のドイツ娘が屋根の連なる街を背景に写真を撮り、一人の男がVHSの大型ビデオカメラで一八〇度のパノラマ撮影をしていた。ヴェロニクはジェロームに、手すりの前では大人しくするのよ、と注意を促し、一方のダニエルは梁の方をじっと見上げていた。彼は帽子を脱いで石の手すりの上に置くと、手を伸ばした。記憶では、左の隅っこに小さなガラスの馬が挟んであるはずだった。一枚のコイン、厚紙の切れ端——航空チケットかもしれない——、そしてまた一枚のコイン……見つかりっこないわよ、ヴェロニクがそう言った時、指先が手触りの良い冷たい何かに触れた。ダニエルは果物を木の枝からもぎとるように、滑らかな小さなオブジェを挟まれた場所から引っこ抜いた。見て、ダニエルは興奮していた。彼の手のひらには、小さなガラスの馬が乗っていた。ジェロームが父親に近づき、ヴェロニクに視線を上げると、彼女の目は潤んでいた。小さなガラスの馬は隠れ家でひっそりと彼らの帰りを十二年間も待ち続けていたのだ。そう思うだけで、感情がいっぺんに押しよせて来た。ダニエルはガラスの馬をジェロームに渡すと、妻を腕の中に抱きしめた。その瞬間、風が吹き、ヴェロニクの髪が彼女の顔を覆い、ダニエルは一瞬目を閉じた。目を開けると、帽子はもう石の手すりの上になかった。

悪夢がまた始まった。ありえない、ありえない、ダニエルはらせん階段を降りながらつぶやいた。気が動転していた。ボヴォロの低い階段は重力や時間が消え失せた夢の中のように、無限に続きそうだった。帽子は通りに落ちていなかった。階段下の庭にもなかった。屋根の上を跳ねていったのかもしれないし、風が近くの路地へと運んでいってしまったのかもしれない。ダニエルは路地に向けて走った。帽子はどこにもなかった。神経の高ぶりからくるいら立ちと不安に襲われ、目に涙が溢れてきた。そして地べたに座り込んで叫ぼうとしたその瞬間、ある男のシルエットが目に入った。年配の男性が黒い帽子を手にしていたのだ。奥さんと娘らしき二人の女性に挟まれて街を歩くその男自身、ボルドー色の革の帯のついたクリーム色の上品な帽子をかぶっていた。ダニエルは男の方へ駆けて行った。「私のです。私の帽子！」ダニエルは息切れしながら言った。「フランス人ですね（È francese）」、男は微笑んだ。「ご心配なさらないでください。あなたが挟んでおいたメモを見ましたよ。私も同じようにしていますから」、男はイタリア訛りの強い発音でそう言うと、同志のように微笑み、ダニエルに帽子を返した。「ありがとうございます。どうもありがとうございます」、ダニエルは帽子を握りしめながらつぶやいた。「それでは良い一日をお過ごしください」、年配の男が言った。それから男はさようならを言う代わりに帽子を上げ、踵を返し、二人の女性とイタリア語での会話を再開した。ダニエルは帽子をしげしげ眺めてひっくり返すと、奥の白いシルクの生地と、イニシャルが刻まれた革バンドを確認した。そして革バンドを少し持ち上げると二本の指を数センチ滑らせた。心が震えた。指先が何かに触れていたのだ。ダニエルは四つ折りにされた小さなメモ紙を取り出し、開いた。「謝礼します。ありがとうございます」の言葉の後に、電話番号が書かれていた。

長方形の薄紙は最初から挟まれていたのだ。帽子は旅立ちの時からSOSを持っていた。帽子をかぶった誰もが、もともとの所有者のメッセージがあるなんて考えもしなかった。本当の帽子愛好家だけが、その巧妙なやり方を知っていた。筆跡も見極められるように思えた——選挙期間中にその筆跡をよく見ていたから。選挙キャンペーンのチラシにコピーされたサイン。フランソワ・ミッテランの筆跡。

あなたが決めるのよ、夕食後にヴェロニクは言った。ダニエルはちょっと考えたいと言って二人を部屋に帰した。少し散歩してくる、彼は言った。今、ダニエルは仄かな明かりで照らされた路地に一人でいた。さざ波が古い石にぶつかり小さな音を立てている。頭に帽子をかぶり、後ろで両手を組んで橋に上ると、水面に映る満月を眺めた。黒い帽子の下で、最近の出来事が脳内にひしめき合い、ダニエルはそれらを筋道立てて解読しようとした。

ダニエルは帽子の正統な所有者と同じ時期にヴェネチアにいて、つい先ほど、革のバンドの下にあるメッセージを見つけた。ダニエルに帽子を返してくれた年配のイタリア人はおそらく運命の歯車の一つにすぎず、この帽子を飛ばした風も、全体で見れば、そのごく一部に過ぎない。ソジェテック社のダニエル・メルシエにとって、このような偶然の重なりは彼の切なる願いの結果に思われた。この帽子がなかったら、彼はまだジャン・マルタールの下で、パリで働き続けていただろう。ミッテランの帽子がダニエルの人生を変えたのは間違いのないことだった。そして同じく、ファニー・マルカンも自分の人生が変わる瞬間を目撃していた。変人ピエール・アスランは香水を新たに創作した。ベルナール・ラヴァリエールは何をしたか。ダニエルはその答えを知らないでいたが、帽子はここでもおそらく、この男の人生の軌道を変えたはずなのだ。大統領選挙がまもなく始まる、ダニエルは思った。大統領自身、自分の運命に立ち向かい、果敢に行動していかなければならない。水上タクシー《モトスカーフィ》がゆっくりと橋の下を過ぎていった。照明がファサードの漆喰の上に巨大な影を投げた。コートをまとい、帽子をかぶった男の影。ダニエルは後ずさりした。自分の影だとわかっていたが、彼がそこに見ていたのはフランソワ・ミッテランの影だった。巨大で威厳のあるその影は数秒間彼を見つめ、夜の暗闇に姿を消した。

それが最後の合図となった。ダニエルは自分のやるべきことを悟った。

部屋に戻ると、明日電話するよ、ダニエルはしみじみと言った。服を脱ぎ、最後に帽子を脱いだ。彼は窓際の月明かりに照らされた小さな丸テーブルの上に帽子を静かに置いた。

折り返しのお電話ができる番号はございますか？　ダニエルは部屋番号を伝えて受話器を置いた。さぁ、これでもう引き返せないぞ。「エリゼ宮の秘書室です」、受話器から声がしていた。ダニエルが帽子の説明をしたところ、電話の向こう側で若い女性がしばらく待つように伝えた。部屋の電話が十五分後に鳴った。男の声がダニエルに丁寧に話しかけた。「慎重にいたしましょう。メルシエさん。あなたは帽子の内側のイニシャルを見られたんですね……」「はい、見ました」「承知しました。それでは、あなたはその帽子がどなたのものかをご存知なんですね……」「はい」「口の堅さを信頼して宜しいでしょうか……」「けっこうです。ただ、一つお願いがあるのですが」ダニエルは言葉を挟んだ。「どうぞ」、受話器の向こう側で男は言った。「持ち主に帽子を手渡ししたいんです」「帽子の持ち主さまもそう願っておりますよ。午後五時に、カフェ〈フロリアン〉、入ってすぐ左のサロンでお会いしましょう、と承っております」

午後四時四十分、ダニエルは最後にミッテランの帽子をかぶり、ヴェロニクとジェロームを抱きしめ、サンタ・マリア・デッラ・サルーテ聖堂の入り口で二人と別れた。フランソワ・ミッテランと待ち合わせがあるんだ。あとで合流するよ、ダニエルがひときわ大きな声でそう言うと、団体の観光客たちがいっせいに声のする方を振り返った。彼はゴンドラへと向かった。サン・マルコ広場までの運賃交渉もせず、赤い革張りの小さな腰掛にも座らず、ゴンドラの真ん中に立ちっ放しのまま、頭には帽子をかぶり、アドリア海の塩気を含んだ生暖かい風にほおを打たせた。

カフェ〈フロリアン〉に入ると、頭にポマードをつけ、細い口ひげを生やした、楕円形の体つきのイタリア人支配人が近づいて来た。フランソワ・ミッテランと待ち合わせをしてるんです、ダニエルは帽子を脱いで言った。支配人が頭を下げると、黙ったまま左側のサロンに案内した。天使の壁画の下、フランス共和国大統領が白い大理石の小さなテーブルの前に座っていた。濃い色のコートを着、ボルドー色のスカーフを巻いていた。大統領は立ち上がると、ダニエルの手を取った。「こんにちは、メルシエさん」「こんにちは、大統領」、ダニエルはそう答えると、国家元首の仕草に従って隣に腰を下ろした。フランソワ・ミッテランがコーヒーを頼むと、銀のプレートに乗ってすぐに運ばれてきた。「謝礼をすると、書いてあったでしょう」、大統領は言った。「いいえ、謝礼なんてとんでもないです」、ダニエルは口ごもった。フランソワ・ミッテランは半分は面白がり、半分はあきらめたような笑みを浮かべた。「謝礼を受け取らないとおっしゃる。なら、一つ秘密をお教えしましょう……この帽子……実はヴェネチアで失くしたのではなくて、パリで失くしたんです。もうずいぶん前になりますが」、大統領はひと呼吸置いた。「このテーブルの上に置かれるまで、いくつかの冒険を経験してきたはずですが、それがどんなだったか、皆目わかりません」、大統領はフェルト帽を触りながら言った。「皆目わかりませんね」、ミッテランは口元に謎めいた笑みを浮かべ、ダニエルをじっと見つめていた。ふたたび沈黙が訪れ、次いで、ダニエルは大統領の視線から目を逸らせずにつぶやいた。サロンの半ば開いた窓からは、フランソワ・ミッテランがコーヒーの方へ頭を傾げると少し口に含んだ。陽射しの下へと入っていく人々の姿が見えた。サン・マルコ広場を望め、広場を囲む行政館の回廊を抜けて、大統領はダニエルに尋ねた。「新婚旅行の時以来です。妻と息子にはよくいらっしゃいますか」、大統領はダニエルに尋ねた。「ヴェネチアと一緒に来ました」「よくいらっしゃいました。私なんか、時間を見つけるとすぐに来てしまいます」「昨日はボヴォロに上りました」、ダニエルは言った。「メルシエさん、あなたはセンスがとてもよろしい。カンパニーレは観光客向けですよ。本当のヴェネチア好きはボヴォロに上るんです。ここから歩いてすぐのところに、たいへん美しい回廊がありますよ。ヴェネチアにある唯一のロマネスク様式の建築ですが、ほとんど知られていません。ここを出る時にご案内しましょう」「ありがとうございます」ダニエルは感謝の言葉をつぶやいた。「ヴェネチアを寂しくせつないところだと言う人もまれにいますが……」、大統領は瞬きをしながら言った。「私はそちら側の人ではありません」、ダニエルは答えた。「ヴェネチアは愉快で、美そのものです」「そうですね。美しい……」大統領は口を濁した。

謝礼があるとすれば、ダニエルはそれに浴している最中だった。いいや、謝礼以上の何かかもしれない。願い、希望、望みがついに叶ったのだ。

ダニエルはその日、ミッテランの夕食会の四人目の同席者になっていた。

エピローグ

モノクロ写真で、印刷をうまく調整さえすれば、カルティエ＝ブレッソンの写真に見えなくもない。写真にはソジェテック社から出ようとしている、黒い帽子をかぶったダニエル・メルシエが写っていた。グレーネクタイを締めた男が同僚に目くばせし、それから大統領に話しかけた。「取り戻せますよ、大統領」「どうするつもりなんだい？」、メガネ越しに大統領は尋ねた。「力ずくですよ」「ああ、それはやめてくれ！」大統領は言った。「暴力はごめんだ。この男は私のことを知るはめになる……ああ、やめてくれ」、大統領はゆっくりと繰り返し、そして相手を戸惑わせる沈黙に入った。「尾行しなさい……」「ダニエル・メルシエを追いかけるんですか」「そうじゃない。帽子をだよ。追いかけなきゃいけないのは帽子だ」。グレーネクタイの男が同僚を連れて事務所を後にした。

ミッテラン大統領が帽子を置き忘れて一時間後、エリゼ宮の男二人がブラッスリーに姿を現した。帽子はもうその場にはなく、男たちは盗まれたのだと考えた。ブラッスリーの支配人は大統領の隣にいた男性が黒い帽子をかぶって出ていったことを証言した。最初からかぶっていましたか？　せっぱつまった支配人は、この質問に返事ができなかった。彼は常連客ではありませんでした。予約無しで来て、カード払いです。エリゼ宮の男二人はレジで伝票のコピーをもらって外に出た。ダニエル・メルシエの居場所は、翌日に突き止められた。

ダニエルが列車に帽子を置き忘れたのと同じ日の夜、エリゼ宮の秘密回線に、ブロンドの女性が帽子を持ち去ったと知らせるテレックスが入ってきた。翌朝、エリゼ宮には決して泊まらない（大統領在任中のミッテランは正妻が暮らすエリゼ宮ではなく、愛人と隠し子の住むアパルトマンで寝泊まりをしていた）フランソワ・ミッテランはコーヒーを飲みながらそのメッセージを聞いた。興味深いね。女性か……その女性の写真はありますか？　大統領は聞いた。夕方、大統領室にモンソー公園にいるファニー・マルカンの写真が届き、次のメモが添えられていた。この女性がベンチの上に帽子を置いていきました。目下、帽子を拾った男の情報を収集中。「なんでベンチの上なんかに置いていったんだ」「わかりません、大統領。あらゆる仮説を立てて検証しているところです」、グレーネクタイの男が答えた。「たいへん美しい女性だ……」、大統領はそう言うと写真を返した。

ダニエル・メルシエの小さな広告が活字化されるや否や、それは資料ファイルに収められた。

エリゼ宮の執務室は新聞社に届いた手紙のすべてを、国益関連事項により、コピーするよう要求した。大統領は陽の当たる午後の終わりに、エリゼ宮の庭でファニー・マルカンの小説『帽子』を読んだ。それからしばらくして、ピエール・アスランが新作を発表したことが知らされると、大統領はその香水を手に入れるよう命じた。

エリゼ宮の男たちが自分はもう帽子を失くしてしまったという内容のピエール・アスランの手紙を読んだ直後、狂ったような嵐が数時間に亘って吹き荒れた。どうしてそんなことがありえるんだ。つい前日まで、彼は帽子をかぶって、帰宅していたじゃないか。数週間、グレーネクタイの男は大統領と帽子のことを話すのを慎重に避けていた。そうしているうちに、帽子を失くした経緯についてより詳しい情報を提供するアスランの手紙を入手した。エリゼ宮は二人の男を問題のブラッスリーに急遽向かわせた。二人は税務署職員を装い、ブラッスリーの口座を綿密に調べ、小切手で支払いをしていたベルナール・ラヴァリエールが新たな帽子の所有者になったことを割り出した。すぐにパッシー通りに見張りをつけた。「その調香師はもう帽子をかぶっていないのかい？　君はそのことに気づかなかったんだ……」「いいえ、大統領、ちょっとした混乱がありまして」「弱ったね……」大統領はうわの空で言った。「このラヴァリエールという男は何者なんだい」「アクサ社に勤めています。もうじき書類が届きます」。しばらくして、グレーネクタイの男はエリゼ宮の庭の奥に大統領を探しに来た。大統領は飼い犬の黒いラブラドールにスティックを投げて遊んでいた。「メルシエが盗みました」、男は告げた。「ほんとにまったく、この男は、すごい可能性を秘めてるね」。同日午後、フランソワ・ミッテランはエリゼ宮ご用達の本屋に〈かもめ書店〉を追加するよう命じた。

大統領、帽子については、今のところ何も変わったことは起きていません、グレーネクタイの男は大統領のプライベート業務に関する報告をしている最中、このように話した。もう少し尾行を続けましょうか。「いいや」、大統領は少し考え、物思いに耽ったように首を横に振った。「運命に任せよう」「記録は破棄しますか、それとも保存いたしますか」「もちろん破棄だ」。翌日、グレーネクタイの男は、帽子に関する記録を腕に抱えて執務室にやって来た。メガネをかけたフランソワ・ミッテランは調査レポートと写真に、最後にもう一度ざっと目を通した。そして、モンソー公園のベンチに座り、帽子をかぶったファニー・マルカンの写真ではたと止まった。彼は書類からその写真を引き抜くと横に置いた。「私的な資料として」、大統領は言った。それから書類破棄命令書に、F. M. のイニシャルで署名をした。

二十年後、二〇〇八年一月二十九日、フランソワ・ミッテランの衣類がドゥルオの競売会場に売りに出された。全部で三百六十八点、スーツ、ネクタイ、シャツなどの他に、海外の首脳から贈られたプレゼントまで含まれており、十九点の帽子もあった。五つはフェルト帽、二つがウールハット、スエード帽が一つに、シルクハットが二つ、ボーラーハットが一つ、そして麦わら帽子が八つ。競売の当日に社会党が落札した黒いフェルト帽と、この物語に登場する帽子は同じものなのだろうか。はっきりしたことはわかっていない。帽子をかぶる人々の人生において、帽子は受け継がれ、使い古され、紛失され、そしてふたたび見つけられ、しかし時には永遠に姿を消してしまう。競売に出された帽子の中で、黒い帽子が一つしかなかったというのは意外だった。大統領は他にも黒い帽子を持っていたのだろうか。おそらくそうだろう。親しい人が持っているのかもしれない。知る由もないが……。競売会場にハンマーの音が鳴り響いた時、ピエール・アスランはフィレンツェのウフィッツィ美術館広場に座ってアスティ（イタリア産スパークリング白ワイン）を楽しんでいた。彼は会心の作品で国際舞台に見事に返り咲いた後、新作に取り組まなかった。意識的にそうしていた。絶頂期に表舞台から退き、レジェンドになる方を選んだのだ。何人かの個人客向けに驚くべき高値で密かに調合を続けているという噂があった。客はブルネイのスルタンやビル・ゲイツだとさえ言われていたが、確たる証拠はない。ピエール・アスランは以降、フィレンツェで隠遁生活を送っていた。一九八七年以降、インタビューにもいっさい応じていない。ファニー・マルカンの愛人だったエドワール・ラニエは、妻を騙し続け、一九九二年に離婚を告げられた。そして若い女性と再婚したが、今度はその女性が浮気をし、彼の元を去っていった。エドワールはダノングループを退職後、タイのマッサージサロンチェーンに投資をし、ボンコットと呼ばれる女性と彼の地で暮らしていた。そして、二〇〇四年の津波以降の消息はわかっていない。フルメンベールは二〇〇一年の診療中、ひっそりと息を引き取った。彼のアフリカンアートのコレクションは二〇〇二年に〈ドクターF・コレクション〉というタイトルでクリスティーズの競売にかけられた。アスランが苦手だった男性器の小立像は十二万五百ユーロで競り落とされた。作品は現在、ワシントンの個人コレクターが所有している。エステール・ケルヴィックは二〇〇〇年までツアーを続けた。そして、この年を境に演奏活動に終止符を打ち、最後に四枚組のレコードの収録を行った。それは〈テトラ・ケルヴィック〉と呼ばれ、ネット上で最もダウンロード回数の多いクラシックレコードの一つとなった。彼女はピエール・アスランとフィレンツェで暮らしている。ファニー・マルカンは書店のオープンから数年して、ミシェル・カルリエ――グレーの帽子の男――の未亡人となった。彼女は十五年もの間、書店を維持し、数多くの恋をした。やがて英国の王室貴族がノルマンディーの海辺に滞在中、彼女に恋をした。彼はファニーと結婚し、サセックスへ連れて行ったが、彼女はそこでとても退屈な思いをした。今でもなお、ファニーは英語が苦手だった。彼女の短編小説『フレンチ・レディー』は玄人受けし、イギリスのマスコミで好意的な書評記事がいくつか掲載され、その中には『デイリー・ミラー』のインタビュー記事さえあった。心から愛した男はミシェル・カルリエだけだと、ファニーは公然と口にした。ベルナール・ラヴァリエールはジャン＝ミシェル・バスキアに夢中だった。彼は一九八八年一月のある朝、一度だけごく短い間、画家に会ったことがあった。幸いにも、バスキアは完全にトリップ状態にはなく、スーツ姿でネクタイまで締め、作品から伝わる響きについて真剣に語るベルナールに、失礼な態度はとらなかった。それから七か月後、バスキアが亡くなった。ベルナールは彼の作品を九作も所持していて、そのうちの五つが絶頂期（一九八一―一九八三）のものだった。続く何年間か、ベルナールはバスキアの作品を財力が許す限り買い続けた。当時の購入価格は十五万フランから二十万フランほどだったが、二〇一〇年には一作品、一千万ドルに跳ね上がっていた。同じ階層の人たちがベルナールに投げた嘲笑は、今や、憎しみの入り混じった羨望と嫉妬へと変わっていた。ダニエル・メルシエは退職後、ノルマンディー地方のオージュに移り住んだ。彼はソジェテック社のノルマンディー支社長としてキャリアを終えた。そして自分自身のために、こっそり、大統領の帽子の冒険談を書き始めていた――まだ二十ページばかりで、終わりはまったく見えてこないが。ダニエルは牡蠣を食べる時には必ず、いまだにあの声を聞く。「私は先週それをヘルムート・コールに言ったんだが……」。帽子を見つけてから数か月後、フランソワ・ミッテランは選挙予想を見事に裏切った。彼は有効投票数の五十四・二パーセントの支持を受け、再選を果たしたのだ。後に彼は病に伏し、最後のクリスマスをエジプトのアスワンで過ごした。そして突然フランスに戻って来ると、その一週間後、一九九六年の冬に息を引き取った。

彼はフランス国民に向けた新年の最後の挨拶の時、恒例の挨拶とは趣の異なる、突飛で、謎の言葉を残した。その言葉について多数の解釈がなされてきたが、納得のいくものは一つもなかった。そしてミッテラン自身決して説明しようとはしなかった。今日でもなお、その言葉はグーグル検索回数、四百六十一万件を数える。一九九四年十二月三十一日、新年の挨拶の終わりの二十三秒間、大統領はカメラをまっすぐ見つめてこう言った。「私は精神の力を信じている。そしてあなたたちのもとを離れない」。

訳者あとがき

本作はフランソワ・ミッテラン大統領が議会総選挙で大敗した一九八六年に始まる。右派のジャック・シラクが首相に選ばれ、保革共存の第一次コアビタシオンが始まったのがこの年である。これによりミッテラン体制は弱体化するが、二年後に行われた一九八八年の大統領選挙にてミッテランはシラクに大差をつけて勝ち、続く総選挙でも勝利を収め、再び絶大な権力を勝ち得る。歴史の大きな転換期にあったこの二年間が小説の舞台となる。それはちょうど物語の中でミッテラン大統領が帽子をパリのブラッスリーに置き忘れてから、ヴェネチアで再び手にするまでの二年間に当たる。ダニエル・メルシエはヴェネチアで見かけた帽子をかぶらないミッテランについて「フランスを代表するシルエットに何かが欠けているように感じられた」と心情を漏らしており、ミッテラン政権弱体期に帽子が大統領の手元から離れていた、という小説内事実は物語のテーマに照らしてささいなことではないだろう。

ミッテランの手を離れた帽子は個性的な四人の手に代わる代わる渡っていく。上司の顔色ばかりを窺ううだつの上がらない会計士ダニエル・メルシエ、望まない不倫を続ける作家志望の女性ファニー・マルカン、インスピレーションを失った天才調香師ピエール・アスラン、そして代々続く名家の保守資産家ベルナール・ラヴァリエール……それぞれの運命は帽子を手にしたことをきっかけに奇妙な仕方で変わっていく。読者は八〇年代のフランスにどっぷり浸りながら様々な人間ドラマに触れていくのだ。携帯電話も、インターネットも、SNSも存在しなかった時代、人はメールの代わりに手紙を書き、フランス人の多くは情報端末機ミニテルを利用していた。

近年、フランスは多くの深刻な問題に直面している。極右勢力の台頭、イギリス離脱を始めとした混迷するEU情勢、そして何より二〇一五年から立て続けに起こっている、世界中を震撼させた一連の大規模テロ事件……一月のシャルリ・エブド襲撃事件で暗殺された風刺画の巨匠ヴォランスキとカビュは本作品においてもその名が登場するが、本作の刊行は襲撃事件勃発三年前であった。続いて、同年十一月に起きたパリ同時多発テロ事件は百三十名以上の死者を出し、翌年七月のニーストラックテロ事件では死者八十六名を数えている。こうした相次ぐテロ事件がフランス全土に不穏な影を落とし、二〇一七年五月、当時わずか三十九歳という政治経験の浅いエマニュエル・マクロン大統領が、長らく戦後政治を担ってきた二大政党からではなく、自ら立ち上げた新党〈共和国前進〉から誕生したのも、こうした閉塞した国内状況に対して何がしかの光明を希求する国民の潜在意識の現れでもあっただろう。

そして、フランス社会がその混迷の度合いを深めれば深めるほど、二期十四年、一九八一年から一九九五年までの間、社会党初のフランス共和国大統領を務めたフランソワ・ミッテランの存在感が増してくるように思えるのである。今も尚、党派を超えてフランスにおけるミッテランの存在感は群を抜いており、その評価は様々であるものの、他の追随を許さない。もしミッテランが生きていたならば、現在フランスが対峙している局面と如何に向き合い、どのような施策を打ち立て、ヴィジョンを掲げ、国民に向けてどんなメッセージを発するのかを想わずにはいられないのである。

八〇年代という時代は文化的にも政治的にも重要であった。現在のパリやフランス、そしてEUを理解する上で欠かせない時代。ミッテラン大統領の通称グラン・プロジェと呼ばれるパリ大改造計画は賛否両論を巻き起こしたが、その時のモニュメントは今ではパリという街に欠かすことのできない建造物ばかりである。オルセー美術館の開館があり、ルーヴル美術館の大改築ではガラスのピラミッドが建てられ、オペラ・バスティーユやグランダルシュ（新凱旋門）などもこの時代のものである。また政治・経済面においても、EU成立のためには西ドイツの力が必須であると考えたミッテランは、隣国との関係改善に努め、一九八四年には第一次世界大戦の激戦地ヴェルダンで行われた無名兵士の追悼式典にコール首相を招待した。ミッテランはコール首相と連帯を続けながらEUの成立を推進し、マーストリヒト条約を経て、ヨーロッパ統一通貨の導入を決定づける。この物語には随所にそうした時代の熱い雰囲気やうねりが感じられる。

本作品の出版から四年後、ミッテランの生誕百周年に当たる二〇一六年の秋、フランスの老舗文芸出版社ガリマール社より二冊の重厚な書物が立て続けに出版された。フランソワ・ミッテランが愛人アンヌ・パンジョに宛てた恋文を収めた一二〇〇ページを超える書簡集『アンヌへの手紙（Lettres à Anne 1962-1995）』と五〇〇ページほどもあるさらに大判の『アンヌへの日記（Journal pour Anne 1964-1970）』である。どちらの作品にも、文人政治家で知られるフランソワ・ミッテランの文才がいかんなく発揮され、文学・芸術・哲学に対する造詣の深さ、並外れた探求心、そして何よりアンヌへの愛がほとばしる大作であり、すでにその文学的、歴史的価値の高さが伝えられている。

ミッテランがアンヌに出会ったのは一九六二年、四十六歳の時で、すでに上院議員を務め、既婚者であり、二人の息子の父親でもあったが、一方のアンヌは美術史専攻の学生、わずか十九歳に過ぎなかった。書簡集から二人が文学や芸術の話で意気投合し、本の貸し借りなどを通じて関係を深めていく様子が窺える。二人が出会って十二年後の一九七四年にはいわゆる〈隠し子〉のマザリーヌが誕生している。このマザリーヌとアンヌが一度だけ、作品に登場する場面があるのだが、読者の皆さんは果たして気づいただろうか。マザリーヌがまだ十三歳の頃……

しかし、この小説は国民が大統領に抱いているイメージ、ウィットに富み、女性好きで神秘的、老獪で、策略家でもあるミッテランの特徴を随所によく捉えてはいるが、ミッテランを描く作品ではない。もちろん政治に関する本でもない。作家はあくまで八〇年代を舞台にしたコントを描くことにこだわった。舞台は遠すぎず、かといって近すぎもせず、この時代を生きた人ならば、きっかけさえあればたちどころにその記憶が蘇ってくるような時代……扉を開くと、そこには当時の人気討論番組『答える権利』や人気バラエティー番組『シャンゼリゼ』を視聴する人々の姿が見えてくるのだ。

八〇年代フランスのテレビや放送界を巡る状況については社会学者の桜井哲夫による名著『サン・イヴ街からの眺め』（ちくま学芸文庫）に詳しくある通り、フランスでは一九三五年にテレビ放送が開始されて以来長らく三つの国営放送しか存在していなかったのだが、八四年にカナル＋という有料チャンネルが開設されると、八七年にはテレビ局ＴＦ１が民営化され、さらに二つの民放放送局が誕生するという大変革が起きた。作品内には『私立探偵マグナム』『ベニー・ヒル・ショー』『探偵マイク・ハマー』『ダラス』『ナイトライダー』など——このうちのいくつかは日本人にとっても馴染みのあるもので、スーパーカーに搭載された人工知能キット〈K.I.T.T.〉を覚えている読者も多いはずだ——、主人公たちがイギリスやアメリカの外国製テレビドラマに親しんでいる様子が見受けられるが、これは英語圏ドラマの来襲というよりは、フランスのテレビ局が民営化されることによって各局の番組制作力が追いつかず、過去に放送された海外のテレビドラマに頼らざるを得なかったという内向きの事情によるところが大きい。

その一方で、当時、テレビが社会や子供たちに及ぼす影響に眉をひそめる貴族や保守ブルジョワの上流階層の人々が確かに存在し、本作品でも、彼らはテレビを観ないことを誇りに思い、仮に見ていたにしても知的な書評番組に留まり、テレビを「諸悪の根源」「小悪魔」「現代の退廃を映す鏡」と罵る。テレビ局の増加と民営化に乗じて八〇年代に圧倒的影響力を持ち始めたテレビ番組を軸に、一般市民と上流階級の絶妙なコントラストを描くのがこの作品の面白いところで、また、上流階級の晩餐会を〈化石〉たちの集まりと辛辣に評しながら、その対極には、当時の流行り言葉で〈キャヴィア左翼〉と皮肉られるような時代の成功者たちが集まる盛大なパーティーが描かれる。広告界の帝王ジャック・セゲラが、アンディ・ウォーホルに制作を依頼した自身の肖像画がニューヨークから届いたことを祝うこの社交パーティーには、煌びやかなスポーツカーで会場入りする、時代を牽引する実業家、政治家、芸術家、テレビキャスターなど、多くの各界の著名人たちが集い、実名で描かれていく。

本作品は読むたびごとに新しい発見があり、多様で豊かな表情を見せてくれる。どこか滑稽で愛らしい人間味溢れる登場人物たちは国や言葉の壁、そして時代を超えて、異国の読者も魅了してやまないだろう。また、料理やワイン、音楽や絵画を始めとした芸術に対するこだわりは、それぞれのエピソードに複雑に絡み合い、重要な役割を果たしながら、作品に彩りを添え、小説の奥行きを広げてくれる。最後のページを閉じた後、エシャロット・ビネガーをかけた生牡蠣を無性に食べたくなるのは、きっと私だけではないはずだ。

天才調香師ピエール・アスランに親愛の情を込めて、あえて香水用語を使うなら、巧みなストーリーテラーにとって欠かせない最初の印象となるトップノートも良いが、それだけでは無論終わらず、時間をかけてじわじわと効いてくるミドルノートも、余韻となるベースノートも深い。そして、この作品の基調にあるのが〈運命〉に対する作家の考察である。人間の運命が変わる瞬間を捉える視線こそがこの作品の見どころである、と言っても良いだろう。私たちが生きている中でそれと意識することのない度重なる偶然が人生を大きく変えることを、この作品は改めて気づかせてくれる。映画以上に映画的なエピソードが実は私たちの人生にも溢れているのだ。

アントワーヌ・ローラン作品の日本への紹介は今回が初となる。作家は一九七〇年代初頭に生まれ、大学で映画を専攻後、シナリオを書きながら短編映画を撮り、パリの骨董品屋で働くようになる。古美術品の展示会やオークションに足繁く通うことで、自分そっくりの十八世紀の人物画を手に入れたコレクターを巡る処女作『行けるなら別の場所で（Ailleurs si j'y suis）』（二〇〇七）が生まれた。この作品は処女作にしてドゥルオー賞を受賞する。続いて『煙と死（Fume et tue）』（二〇〇八）、『ノスタルジーの交差点（Carrefour des nostalgies）』（二〇〇九）を挟んで、二〇一二年にフラマリオン社から自身四作目となる本作『ミッテランの帽子（Le Chapeau de Mitterrand）』を刊行する。その後、二〇一四年の『赤い手帳の女（La femme au carnet rouge）』はイタリアの外国文学賞ジュゼッペ・アチェルビ賞を受賞し、『フレンチ・ラプソディー（Rhapsodie française）』（二〇一六）を経て、最新作『ミレジム54（Millésime 54）』（二〇一八）を発表する。

『ミッテランの帽子』は国内でランデルノー賞、及びルレ・デ・ヴォワイヤジュール賞を受賞した後、瞬く間に十数か国語に翻訳され、今でも尚〈帽子〉は旅を続けている。四人の登場人物たちは〈帽子〉を手に入れることで次々に人生を大きく変えていったが、実は作家自身にも同じような奇跡が起きていた。

アントワーヌ・ローランは『ミッテランの帽子』を書き終えてほどなく、友人のジャーナリストに作品のタイトルを伝えた。するとその友人は思いもかけないようなことを口にしたのだ。「それ、持ってるよ」。友人は当時ミッテラン大統領の番記者をしていた同僚からもらったのだと言う。一九八八年のある日、その番記者は大統領の運転手が席を離れ、誰もいなくなった黒塗りの専用車の後部座席に帽子が置いてあることに気づく。そして小説内のダニエル・メルシエと同じ衝動に駆られて帽子を手に摑むと、以降、大事に二十年以上も保管していたのだ。友人は番記者の家に招かれるたびに「自分の家の棚にミッテランの帽子があるなんて、ついてるよなぁ」と羨ましがっていたら、「そんなに欲しいならあげるよ」と言われてもらったのだった。「フラマリオン社が帽子を使って本のデザインをする時には本物の帽子を使った方がいい。君は何も言わずに、出版社に写真を渡せばいいよ。これが本物だってことは君と僕しか知らない秘密にしよう」……出版を間近に控えた時期のこと。こうして単行本のカバーには本物のミッテランの帽子が使われることになったのである。「二年間に亘って書き続けてきた帽子が目の前に現れました。帽子をひっくり返すと、内側には二文字のイニシャルが刻まれていたのです。私は鏡の前に立ち、頭の上に帽子を乗せました。それ以来、小説は大成功を収めました」と作家はあるインタビューで語っている。〈帽子〉は小説の四人の人生を変えていったように作家の人生も変えたのだ。アントワーヌ・ローランはベストセラー作家の仲間入りを果たし、作品は次々に各国語に翻訳されていった。果たして、あの〈帽子〉には本当に謎めいた力が宿っているのだろうか。

本作品にはマキアヴェリの『君主論』の文章がいくつか引用されている。この物語にはやや突飛で異質な印象さえ覚えるのだが、決してひと筋縄ではいかない、十五世紀イタリアが生んだフィレンツェの思想家を登場させる作家に非凡な才能を感じる。マキアヴェリの言葉の断片を訳すにあたり、私は数多く翻訳されている『君主論』の中でもとりわけ池田廉訳（中公文庫）を参考にし、また思想家の思索過程とその生涯については塩野七生の『わが友マキアヴェッリ』（新潮文庫）から学ぶところが多かった。

最後になるが、本書が日本の読者に届けられるよう、ご尽力いただいた新潮社の須貝利恵子さん、前田誠一さんに、この場を借りて感謝を申し上げたい。また、本作品との出会いから翻訳、出版にかけて、豊かな時間を共に歩んでくれた妻に心より感謝したい。

読者がいつかどこかで史上最強の〈帽子〉を手にされんことを祈りつつ。

二〇一八年十月

吉田洋之

Le chapeau de Mitterrand

Antoine Laurain

ミッテランの帽子《ぼうし》

著 者

アントワーヌ・ローラン

訳 者

吉田洋之

発 行

2018年12月25日

9 刷

2025年 2 月25日

発行者　佐藤隆信

発行所　株式会社新潮社

〒162-8711 東京都新宿区矢来町71

電話 編集部 03-3266-5411

読者係 03-3266-5111

https://www.shinchosha.co.jp

印刷所

株式会社精興社

製本所

大口製本印刷株式会社

乱丁・落丁本は、ご面倒ですが小社読者係宛お送り下さい。
送料小社負担にてお取替えいたします。
価格はカバーに表示してあります。

ISBN978-4-10-590155-4 C0397

CREST BOOKS

Shinchosha

赤いモレスキンの女

La femme au carnet rouge
Antoine Laurain

アントワーヌ・ローラン
吉田洋之訳

バッグを拾った書店主のローランは
落とし主の女に恋をした——。手がかりは
赤いモレスキンの手帳とモディアノのサイン本。
パリ発、大人のための幸福なおとぎ話。

CREST BOOKS

Le chapeau de Mitterrand
Antoine Laurain

ミッテランの帽子《ぼうし》

著 者
アントワーヌ・ローラン
訳 者
吉田洋之
発 行
2018年12月25日
9 刷
2025年 2 月25日
発行者　佐藤隆信
発行所　株式会社新潮社
〒162-8711 東京都新宿区矢来町71
電話 編集部 03-3266-5411
読者係 03-3266-5111
https://www.shinchosha.co.jp

印刷所
株式会社精興社
製本所
大口製本印刷株式会社

乱丁・落丁本は、ご面倒ですが小社読者係宛お送り下さい。
送料小社負担にてお取替えいたします。
価格はカバーに表示してあります。

ISBN978-4-10-590155-4 C0397

CREST BOOKS
Shinchosha

赤いモレスキンの女

La femme au carnet rouge
Antoine Laurain

アントワーヌ・ローラン
吉田洋之訳

バッグを拾った書店主のローランは
落とし主の女に恋をした――。手がかりは
赤いモレスキンの手帳とモディアノのサイン本。
パリ発、大人のための幸福なおとぎ話。

CREST BOOKS

ヴォルテール、ただいま参上！

"Sire, ich eile..." Voltaire bei Friedrich II.
Hans Joachim Schädlich

ハンス＝ヨアヒム・シェートリヒ
松永美穂訳

思想家ヴォルテールと、プロイセン王フリードリヒ二世。
二人の間には、恋にも似た友情と壮絶な駆け引きがあった！
偉人たちの知られざる素顔を鮮やかに描きだす、
笑いと驚きに満ちた新しい歴史小説。

CREST BOOKS

パリ左岸のピアノ工房

The Piano Shop on the Left Bank
T. E. Carhart

T・E・カーハート
村松潔訳

その工房では、若き職人が魔法のように
ピアノを再生する――だがピアノの本当の魅力とは？
歴史とは？　名器とは？　ピアノが弾きたくなる、
ロングセラーの傑作ノンフィクション。

CREST BOOKS